千鳥足

曾詠聰

目錄

輯二：格林威治的誤點

輯三：東風破

千鳥與足
——自序

千鳥足（ちどりあし），醉後腳步搖晃的狀態，具象一點，就是《蠟筆小新》偶爾出現的畫面：小新父親廣志鬆開領帶，滿臉通紅，拇指和食指拈起外帶包裹，放聲歌唱，左搖右擺走到家門，鏡頭拉遠，美冴責罵、小新讚歎，下回待續。

獨居以後我陷入嚴重失眠症，癱軟床上片段急速掠過，有時我不得不借助酒精，穩定心神。早上頭痛欲裂，又沖下咖啡，無限輪迴裏我建構了永恆的地獄，迅即老去。這些年來很多事情足以岔開情緒，我嘗試不讓失望顯露，嘗試假冒不被牽連，靜靜地，飛灰中踱步。直至一次活動結束，一眾嘉賓合影後，某前輩自台的一邊走到我這邊，握着我手，說了些鼓勵的話，大多我都忘掉了，除了一句：「如果一切可以重來，或許甚麼都不同了。」以此為我的挫敗收結。

十五分鐘後，我給安排與他同乘一車，車身晃動，他拉着扶手，仍不住地說讀過我的〈恰如其分〉、很喜歡那篇小說〈粥王〉續寫云云，說實在，我感激他的善良，但我是討厭的天秤座，轉念想到自己受到特別照顧，或許是臉上早就充斥密密麻麻的可憐，脆弱原來多麼張揚，任誰都發現我的軟弱和無能。

於是我沉迷口罩。共同分享的末世裏，接受別人和自己毫無微笑，不用假意問候或鼓勵。這兩年以來，髮型和沒精打采的眼，學生笑着對我擺出卡卡西的「千鳥」（或是「雷切」），有時衝過來，我要側身躲開。他們大多善良，沒有經歷挫折，所以予我的傷害便更見鋒利。他們不會知道，每一項微弱舉動，都足以使我侷促不安：可能是呵欠，可能是關掉鏡頭，可能在擦肩時過早收起笑臉。他們太直接了，我都傷痕纍纍。

從小我就害怕友善的人，哪怕有些人天性就會折射自己內心，也會被我的沉默或不善辭令，扭曲成好奇、造作、沒禮貌、不懂大體甚至狗眼看人低的無辜局面：小學時被哭着的我拒絕接收紙巾的女生、中學因沒有領取家庭津貼而與我對峙的負責老師、不肯回應「你何時結婚」「有沒有女朋友」以致到處說我性格孤僻的長輩、多年來刻意自己按密碼也不給予利是往後頻頻對我白眼的樓下保安……他們全是受害者。但善意從來都不應該是對等，若我沒有提出需要關心和幫助的請求，為甚麼我必須委曲求全地接受外人剖出來的善良？

只是自我中心的天秤座，不會易地而處。多少年了腸胃依舊躁動，我曾以為長大後很多事情都學會習慣，再沒有甚麼突然刺傷我的胃。面對他人直截了當的忽視，我的好意就成了自己的地獄：懼怕失望，所以瞥見一閃而過的希望，也訴諸同等份量的恐懼；不住幻想後果，抽搐的腸胃就搾走一連串行動力，站立、無奈、決定、放棄、復活、溺水。上帝很頑皮，我找不到體內遙距裝置，只能捂着肚皮讓刺痛感蔓延，也制止不了想像無限放大。我是無能為力的山根同學。

我很抗拒軟弱如此顯露，部分源於性別和職業。從小孩到畢業，工作或興趣，聆聽和說話，表現得進取和在乎都像犯罪，求勝心要盡量縮小，弓起背，偷偷摸摸、躡手躡腳，等待結果時要口徑一致地說平常心，不能冒汗顫抖，脾氣卑微得只餘下鼻息，鏡頭一直對焦，宣佈賽果後哪管你的胃經歷着宇宙大爆炸生態清洗重建文明後又迅速滅亡，還是要笑，嬉皮笑臉地說其實不要緊，志在參與。那是我們共通的生存方式——太宰治 aka 大庭葉藏被共鳴卻又詬病的自殺理由。

「既然渴望，為何總是推搪，總是要滿不在乎？」幾天後揚言要分手的女友說：「我最討厭你對任何人都不誠實，包括自己。」腸胃抽動，有人拿着匕首瘋狂地刺，頻密依從脈搏，跳一下，刺。跳一下，刺。艱難的議題裏它當然要參與一下，但我不可以蹙眉，這只會令對方覺得我拒絕對話，盲目堅持。沒辦法，我就是如此不誠實。所有事情留下一個被動的位置，舞台燈光照射不到，明明配樂奏起，布幕打開，對手也背完了對白，仍要待後台人員三催四請，甚至用力踹我的背才彈出去演活自己。謝幕被責備、觀眾不被感動，亦可以退到更後面說：「我也是被迫的。」哪怕演的其實是自己的日常和野心。胃痛是緊張的副作用，我不理解，我健壯得很，我百毒不侵。

三千多種自我苦難過後，我收拾成這本小書。「千鳥足」成為了我面對所有好或不好的步履，形同醉拳，即使被打敗了我也可以攝出一點酒氣：是的，我還未出盡全力，我還是如此不在乎。我把這幾年的文章剪得非常零碎，隱去日期，儘管部分源自《學生文藝》的「對寫練習」專欄，卻沒有一條可供梳理的黑線，甫開始便是末日，接着卻不是倒敍，刻意與講求規律的前作《戒和同修》區分開來。這就是散，徹頭徹尾的散。你不能理解完全的我，誠如我並不能完全理解他人思緒。魂魄穿過回憶，重塑一切美好感覺，當下我們惘然，其實也未能夠完全理解。而且，我特意找了三位朋友寫序，他們都沒有完整書稿，只可管中窺豹。原以為這是一個不可能任務，然而在混入想像和相處片段後，他們重塑了一個似是而非的我。有點陌生，但又感到真實。

不要緊。反正任何事物、感覺、說話也不必要解讀，誰犧牲了，誰留下來，根本無從撼動三千世界，錯過了的感情全是格林威治的誤點，我記得年少時總愛聽着一首不住重複的歌，最激昂的那句是「趁時間沒發覺讓我帶着你離開」，那是在說一個人分裂出來安慰自己，跌跌撞撞，領着自己逃離翳悶的宇宙。我曾誤以為那首歌叫〈東風破〉，後來才知道，所有都是一廂情願，和自己分裂出來，讓答案以一個更淒美的名字存活下去的荒唐。或許是因為我們都只記得喜歡的事，又或許我單純討厭〈東風破〉首句「一盞離愁，孤單佇立在窗口」的氛圍，MP3 年代經常自動切換曲目，一不小心，連記憶都覆蓋了，尋不回來。

輯一

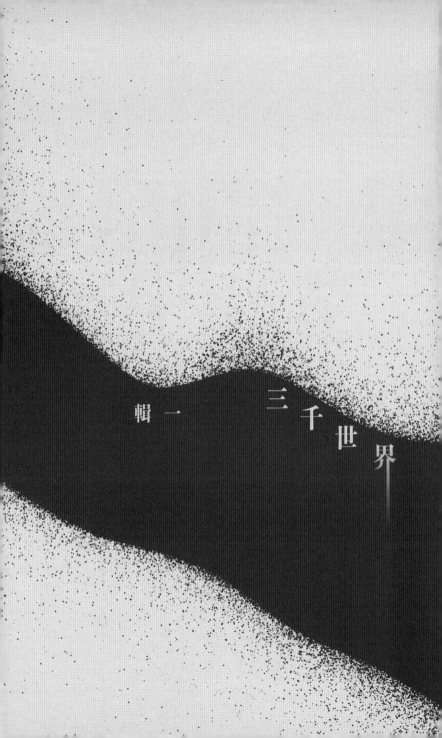

三千世界

越來越多人攜同信封
在沒有想法的城鎮游離
丟失顯得習以為常
如果我仍然
執意寫一首過渡年紀的短詩
拒絕回郵，他人眼中能栽種出郵筒嗎？
行人刻意忽視赭色的寡言，郵差
放一盆爐火
為曾經相信郵票的人
燒掉所有雁的意圖和隱喻

末日如斯

我們身處兒時看過的科幻片：明亮的公共空間播放着政府廣播，看不到臉，只許與他人的眼眶或眉睫交談，相約一個朋友，要在限時裏完成晚餐和心事，餐桌上的透明隔板，有時會折射新聞的人臉和走馬燈，死亡卑微得餘下數字，偶爾上升，偶爾疲勞，但不可鬆懈。情感是何等單一，如果這就是我們編寫的《美麗新世界》。

自小糾纏的鼻敏感，在時代強加的保護罩下得以喘息，省下來的時間我學會觀察更多人，從動作和神色，從距離到適應，呼吸同中有異，行進的列車穿過光尋找出口，像鍵入連結等待甚麼送我們到目的地。我想感受更多靈魂。從前我會刻意在列車中搜索，查找多年前在對座抽泣的女生，如今剩下鼻樑以上的拼圖，好像更渺茫了。我不勇敢，尤其經常在人生關卡中跌跌撞撞，沒有多出一柄扶手可供依靠，紙巾足夠自己抹汗，曾經的傷痛不會因為一句「成長了」就隨便痊癒。就如現在，我們都跨不過的處境，還是會在發笑的時候提醒種種不快樂的理由。

手機、平板、電腦，這是我們觸碰得到的。輸入、登出、連結，這就是我們的問好和道別。班房空蕩蕩，無數房間裏存活着無數個體，我在教師桌前正襟危坐，說個笑話沒人回應，相隔半秒又再開腔說話。學生關掉鏡頭，不是懼怕露面，有時不過是擔心自己無故出現在不知名的紀錄和聊天群組。如果我可以跟他們談末世，我會先播放周杰倫的〈世界末日〉，接着展示《新世紀福音戰士》裏幕後黑手會議場景，很像我們吧？外面戰火連天，我們留在室內卻縮成一串名字和符碼，認真地解讀幾百年前的文獻。

但我們沒有時間可以揮霍，每天跟回音與網絡搏鬥，已然斷開所有另闢話題的力氣。

「今年沒有小組討論。」可能他們在各自的房間裏歡呼，我無從得知。「這份卷目都不用應考。」一個一個好消息只以陳述輕輕帶過，沒有疑問，沒有表情，冷氣機忽視人數多寡，吃力地讓説話冰冷。上課下課開始變得輕易，缺席欠交都喪失後果，有人説我們比以往更自律，我或許同意字面意思，但正面的自律談不上，只不過是出席和上載，好像已能取代牆上刻度，出現畫一下，繳交家課又畫一下，再沒有甚麼比生命更需要具象的憑證。

很苦悶吧？不管是文字本身，又或是我以文字重組出來的日常。非典型肺炎那年我中一、豬流感橫行我正值預科，現在長成了一個教師，既教授文憑試又迎接中一新生，疫症於我好像是另一位網課同學，閒時不會想起，最好完全忘記，赫然在街巷遇上就不知如何是好。學生問我，那些年停課是怎樣的？課堂自然完全停擺，家課亦好像沒有收發過，學校只憑藉 eClass 叫我們讀《哈姆雷特》，我當然沒理會，整天待在家裏看電視砌模型，有同學用電話接駁三人會議，哈哈哈哈過後不知談過甚麼，某次還一直不說話，靜靜地聽着別人家裏的雜音，最後無疾而終地掛線。

回憶都比現在充實的時間表更具線條。我結束了網課，在點名系統選下無人缺席、無人嚴重遲到，就呆坐在課室，癱軟，不急着走回教員室。風扇依然不情願地轉動，兒時我會幻想它砸下來割掉師生的腦袋，我是很久才發現，那場景原來是所有學生的共同想像，唯一不同的是存活下來的人。我在更多關卡裏存活下來，就長成現在盯着風扇的自己。那些經歷包含着大大小小的疫症、挫折和苦悶，還包含了那年中一復課，感覺到心儀女生一直偷偷看我，我打算依仗倜促的安全感表白，她才認真告訴我，你的鼻水把口罩沾濕成兩個小圈，有點嘔心，送你一個替換。

圍城

馬路相近、車速相近、路牌相近，能見度低的午後，怎麼也分辨不了旅行車正在四環哪一區域爬行。幾年前和家人來旅遊，導遊說古時的午門抄斬，就是帶犯人穿過一環又一環，眾目睽睽下將他首級拋出紫禁城正門。我的腦袋還在，耳蝸牢牢困住耳機，KOLOR的〈圍城〉播了一遍又一遍，那是我在沒有數據的情況下，手機內唯一儲存下來的音樂。沒記錯，就是我離港前的通宵派對，朋友點了這首曲我沒聽過，我拼命記住歌詞在網海打撈，就這樣圈過糾纏的電線，在這十多個小時裏變成了具象的救命繩索。

這趟赴京深造可以說是遲來的第一場冒險：離開那天低氣壓籠罩，踏進機場，腦內沒有自動響起〈歲月如歌〉的明亮前奏，託運行李前往閘口搜索座位扣好安全帶，我好像從相反方向被送去午門以前，等待被宰。但要解釋這種驀然的恐懼，我又無從入手，那時已二十出頭，大學剛畢業，被迫短暫停留北京師範大學，也不過是無數要求的一列小小附註，我大可以沒有任何得着回港，大可以把自己困在房間，像埋下一枚時間囊，兩個月過去便任人解封，安然回家。

我居住的地方叫鐵獅子墳，每每想到那兩個月的片段，都挾着寒意，一隻冰冷的玉爪隨時自回憶裏破土而出一般。師範那邊把我們看成交流生，獨立房間，有電視、冷氣、沖水馬桶。除了我們二十人，整棟宿舍都住滿韓國人和小量黑人，他們相對健壯，說話時聲音洪亮，有時還會提着電單車的大電池回房間，升降機裏只得我吃力地生存着，甫到三樓就要積極地把軀殼扭出去，幸好打過幾年校隊，平行時空下不諳轉身上籃的我，可能就永遠困在上升下降的循環裏。

「到北京交流其中一個目的，就是要你們在相同語境下生活，以最佳狀態通過國家語委試。」校方這個想法本沒有錯，沒有任何學習方法比囚禁非母語的人，迫使他們日常起居都用上這門語言來得方便快捷。但那只屬於一般情況，在成長過程中，我早領悟到自己必然是個異數。就像那年同學為了幫助我理解拼音，奪去我的電話只留下拼音輸入法，誓神劈願地保證一星期便可學會，「那是最簡單的方法，信我。」就這樣我連說話能力都完全喪失，甚麼事都已讀不回，很想回應卻給困在沒有喉舌的胸腔，心跳怎麼急速亦被啃在大電視或有口難言的幼稚動作裏，慢慢回落，最後枯死。

語境學習還有一個死症，便是當地人偏愛捲舌。當地老師以我們香港「come」的手勢來展示舌頭捲起幅度，有些讀音要把舌尖頂住上齶，有些輕輕舉起，意思意思便好。我這種初學者不懂分辨，任何時候都用極為誇張的演繹模式，每一個字詞都說得像龍捲風刮過一樣。他們不置可否，也許世界上任何一門考試，都是以大動作來核對步驟，我媽便說過她當年參加路試，頭要極大動作地扭動，表示自己正留意後方行車，才會合格。但後來我發現，他們並不是單純應試。某天我迷路了跳上計程車，司機大哥聽不明白我絲絲入扣的「鐵獅子墳」，一輪猜猜畫畫過後，他竟以全捲舌音重讀一遍，還以應考路試的大舉動望向倒後鏡，洋洋得意地點評外地人就是說不好普通話，哈哈。

課程到了中後段，我向校方申請短暫回港，參加大學畢業典禮。計程車車窗外掠過一系列的大樓和樹影，跟大學裏的飯菜一樣，大嬸隨手撈起，所有味道都雷同。我不知道沒有〈歲月如歌〉的首都機場應以甚麼文化建構離別的情緒，低氣壓的日子裏，我總感覺額頭上有一片色塊搖搖欲墜，隨時掉下來切斷眼耳口鼻的全部神經，接着是一片紅藍色，形同戴上小時候那些紙製的3D眼鏡。我花了大半舌頭肌肉和一千元人民幣，把機票改早了兩小時出發，座位區域全是印巴籍旅客，要吃薄餅和咖喱。朋友後來說沒必要付費，等一下或求一下便可，但他們並不知道那種整天給壓住的感覺，我不想有多一點的舉動，那已接近窒息，有點似溺水，永遠的溺水，一直保持着知覺地下沉。

女友在香港機場等我，我笑得軟弱無力，擁抱，她摸我的頭，領我到機場的茶餐廳吃煲仔。終於不是孜然或不辨味道的鮮豔菜蔬，好險，差點就永遠寄居在那裏。吃了幾件有味的豆腐，我開始說着自己被囚禁的見聞，早餐偏愛吃手抓餅，上了早課便回房間溫習，把文章讀了一遍又一遍，舌頭翻動，每天喝七公升清水，身體很乾，很想洗澡，但洗完更乾。我們知道這段傾談就只得價值一千元的時間，彼此都把過去兩個月壓縮地說好，好像不會再見。走到機場巴士站，我還在分享第一天沒法安裝無線上網的焦慮，巴士到了，我們就要分別，沒有相約未來幾天再見。

「那只是壓力。那個城市沒有困住你，是你困住了自己。」

她的巴士遠去後，我拖着行李箱，登上屬於自己的歸途。借來的 king size 行李箱明顯比架上其餘的壯實，不用轉身上籃都輕易被拖出來。越過青馬大橋時一段顛簸，一個小小的小熊行李箱被擠出來，一個小女孩跌跌撞撞地走過去，輕輕把它推回我的行李箱身邊，倚着，自此就不再給排斥，巍峨如一座小山丘。

牛奶之海

於是我關上燈，整個宇宙頓時失去知覺。寧靜，呼吸時耳膜都有痛感，像芒刺。我開始後悔方才沒有逐一收起其他房間的門，此刻貿然出去，不免有點煞有介事，但更多的是擔心有甚麼躲在角落——我是害怕鬼，現在更害怕人。這裏是拼車旅行的某個驛站，也是最使人失望的留宿地點，我給分派到旅館頂層，除我以外沒有人睡這邊。到了，獨自把走廊燈打開，拖着行李，一盞接一盞，開燈，急步走，開燈，急步走，接觸不良的光我嘗試不往壞處想。門匙在這時空失卻意義，數字接通數字，我闖進去，關門，反覆構想各種進侵及防守的可能，然後趕緊往走廊繞一圈，又趕緊回來，挑戰蹲廁，梳洗，瞄五分鐘電視，關掉，然後就是現在，餘下黑的幻想，無盡。

「你好大膽。」阿麗夾起炒麵，安頓在碗裏才繼續説：「畀着我一定驚到震。」

「可能少氧氣，又可能我喺香港都自己一個住，習慣咗。」

「香港的房子很小吧？安全感多一點。」阿麗用回國語，讓不諳廣東話的男友適時加入討論。她的男友非常健談，很快便接管了早餐時間，還安排各人簡介家的大小，比對中國各鄉各縣的風土人情，無限延伸。他常笑説若不是他一直説話，司機大哥多眨幾眼，或許我們早就躺在某公路的大石之上。我同意。車上除了我、N、Y，還有一對湖南兄弟，高頭大馬，一個甫上車倒頭便睡，一個捧着手機看《權力遊戲》，從出發時的第一季第三集，接連看到第四季尾聲，停車放風時兩位也甚少下車。有一對夫婦，結婚兩年，女方與我同年，而男方明顯比我大好幾年，坐車尾，偶爾說親戚是非，好像都關乎錢。最後是香港人T，單人行，好不容易才向其他成員解釋清楚我們本不認識，香港也很大很多人。第一天過後，司機大哥說T給了更多費用，住的酒店與我們不同，放下我們才把T載到對街。我想，那對夫婦已把我們歸類好——富有的香港人，以及貧窮的香港人們。

香港當然不及這片土地大。只得前方的車程裏，Y粗略計算過，這輛輕型小巴要走一千七百九十一公里，以我兩年前渣打馬拉松的成績計算，需要不眠不休跑上六天多一點才能抵達稻城亞丁，尚未加上高海拔帶來的各項不適。相傳體能越好，越難於高海拔區域呼吸，兩天後N盯着我來回拍下他吸氧氣瓶的醜態，搖頭向鏡頭說：「你是外星人。我說，你不是人。」保守估計，需要七天多吧！我是必須回到藏族人的營帳裏吃兩小時羊肉。如果可以，我想再聽他們腼腆地唱歡迎歌。長髮那個粗豪男子唱得太動人，我差點相信他真的歡迎我們。

有別於公路電影，這趟旅程不需要深入挖掘同行者的心理，坐車前我沒有任何自我放逐計劃，拐多少個彎我也不會成長、沒有領悟。風景縮小成公路，公路畫上了路標，車從上面走，我看着風景。小時候曾幻想過，除我以外所有人都是偽裝的，他們與我沒有絲毫關係，如同《楚門的世界》，我一直給欺騙去展示一場無味人生。車上日子更無味，麵包型的輕盈巴士並不是一個「囚」字，它框住了十數條生命，顛簸、碰撞、震盪、離心、浮沉，額頭和膝蓋概括了人的肢體，被動地和車的各種配件接觸又分離，有時痛有時是習慣了的痛。還有衣服：洋葱式穿衣法使人陷入溫度輪迴，出發時很冷所以套着大衣上車，慢慢地，暖氣和十數人的體溫困住一起，黃色、橙色，最後是感受得到的紅色，自狹窄環境脱衣，呼一口氣，車又駛至高山地區，氣溫驟降，突如其來的藍色，披上外套又逐漸看到和暖的漸變色。

這是人為的漩渦，別人會拉開窗，穿衣脱衣亦影響着人的心理。我們也是稱職的楚門。

瘦楚的雙腿一下車，網狀的麻痺便從腳掌攀上來。司機大哥説車啊不能駛入園區啊，明早載你們到風景區入口，以後兩天啊你們就住裏面的旅館，出來時打電話給我啊，我們啊一併回成都啊。他還建議我們飯後到附近商店，準備好明天登山裝備，多買點乾糧，山上吃不了，也可在回程吃。「你們出來以後，我們還有一整天車程啊。不停站，嘻，不停站啊。」

空氣明顯稀薄了。儘管我們聽從N的説話，出發前兩天已開始吃藥，仍感受到一頂無形的生日帽緊緊笠住頭骨，那綑下巴的線繩定期收緊，每走一步就勒一下，有點想吐，想吐一些沒胃口但硬塞進胃內的菜蔬。我在超級市場選了一盒自熱飯，對於圖片中的牛腩沒太大期望，只希望飯上面有少許肉汁，能嚥下去就好。當了童軍領袖多年，當然有帶備包裝紅豆沙——某次遠足考核規定童軍要為同行者預備午餐，註腳寫着必須飽肚。涼亭內童軍沒有抽出爐具，一包紅豆沙遞予我，我還天真地問餐具呢？他微笑，不慌不忙，扯開包裝一口氣灌入食道，最後更划開一個自帶勝利音效的笑容——往後紅豆沙便長駐登山背囊的網袋中。

之於Timberland經典高筒靴，我有十足信心，偏重，但保護性強，可錯開沙石或雪塊。所以我只多買一支行山杖，講價後二十五元，預計登山後扔掉，不帶回港。N在旁取笑這支杖應無法撐到最後，想起他笑盈盈的樣子，容我切入兩個畫面：一、十數小時後N借我的行山杖，碎步爬到木橋下，吃力地、很吃力地打撈自己那支名牌杖，那是並列吸氧氣瓶和自熱飯蓋被風捲走的三大N登山笑話。二、寫到這裏，我回頭看了兩遍，確定它仍佇立書櫃夾縫間，隨時候命，心安。

然而N也不是純粹丑角。幾年前他已來過稻城亞丁，說牛奶湖美得誇張，靜靜的湖面，雲浮於上面，掠過，被困住卻又自由自在。與我們不同。他邊說，邊從行李袋抽出三條面巾，叫我選其一。我選了一條像大教堂的聖母畫像，它翌日替我擋去不少硬掉的風，以後還伴我出海划艇，某次風雲變色，我緊着面巾拼命地划，雨雲追趕着，渺小如我們瘦成了天神的賭具，划，我們唯有划，破開水花，盡力將塑膠艇濺上岸。過了很久，我和朋友癱軟石級，喘息也需要拼命，我扯下面罩而他吁吁地說：「聖母……聖母……」這些都是後話。天亮了，我們要挑戰的不是水，是四千多海拔的高山。

N又說，赴稻城亞丁可乘飛機直達，奈何那是世界最高海拔機場，不少人甫下機便頭痛欲裂。我們從成都出發，走陸路，身體漸漸適應高山，感覺安全些許。我和Y沒有異議，誠如看着他擺手拒絕騎驢登山，我們也沒說話，後來發現人和動物都走同一窄道，較靈活的我們必須頻頻讓路才調侃幾句，反正驢亦只能送到山腰，那一大段連接澄明藍天的石梯，需要依仗手和腳兩種功能。我又有行山杖，不用尾巴。

夫婦決定不爬上去了，女的笑着說：「小伙子，你們努力。」雖然沒有冒險電影般壯烈，但一起走到這裏，同伴突然選擇不追趕餘下劇情，難免可惜；阿麗的男友說一聲「保重」，便拉着阿麗箭步走；湖南兄弟也說了聲「待會見」，就躲一旁點菸，準備迎接大結局；N從橋下探出頭來，一手把廉價行山杖擲回給我，不發一言，直接越過我們攀山，我、Y，甚至連T都笑了起來。

牛奶湖說是湖，其實不過是一個極大的低窪地區，被迫盛着雨水，以及附近高山融掉的雪，水面受各方折射呈奶白色，遠看像穀類早餐，近觀則帶點閃爍，底層滲着碧綠，沒有植物、沒有河神或人魚、沒有失意的人，清澈。風平的日子，湖和途人不敢鬧脾氣，這裏是高海拔奇景，幾個穿高跟鞋的女士忙着拍抖音，湖南兄弟亦架好腳架，先由長期昏睡那位邊走邊唱，而《權力遊戲》遷就他的冰與火之歌。T為我們三人拍團體照，又替我們拍幾張獨照，我連忙跑回來為他拍，他站在我剛才的位置，仰頭、看天，尷尬地笑，多拍兩張便好啦好啦，邀我們繼續走。好像只會在旅行才會遇見善良人，城市裏、地鐵裏、天橋上，陌生肩頭總是強而有力，阻擋着前路，不容他人快樂。所以我們旅行，矛盾地遠走，越遠越好。

山的一角阿麗二人拼命揮手，她男友好像大喊了一句甚麼，距離太遠了這邊無人聽懂。Y也用力地揮手，但卻笑着説他們無聊，尤其男生。我假裝拍攝他們，他們立即擁在一起，逆光中其實只拍到兩粒黑點，我想他們是清楚的，直至回程也沒有問我取回相片，大概，那就是一種本能反應，有人拍照，我們便要快樂，不是嗎？

下山比上山容易，至少我們尚有力氣讀着風景。沿路佈滿當地人辛苦堆砌的瑪尼堆，一個疊一個的神，目送我們離開。我能想像一群小藏人，容貌就如上山時那位叫我們堅持的藏服少女，黝黑，頭髮微鬈，笑得很燦爛，單純，深信人和自然。他們醒來就走上山，繞過牛奶湖，沿途撿拾適合的、具靈性的石，找個有風的位置，專心堆置自己的神，親吻，許願，開始新一天，順道祝福第一次亦是最後一次上山的我們：

「小哥哥，加油。很快就到了。」

那時候，少女甚至不知道我們的目的地是高峰，抑或牛奶湖，就樸實地請我們不要放棄：很快就到了。我蹲下來，離開前嘗試拼湊自己的瑪尼堆。一塊、兩塊、三塊，倒下，一塊、兩塊，倒下，外行人確實抓不住支點，掌握不到神聖的力學，願望就不能成真。N笑了，Y笑了，T說：「不如你和石堆拍一張留念？」

「很快就到了。」翌日司機大哥回來接我們，旋開車匙說。我們繼續飾演自己，沒人交換見聞。阿麗的男友也不願說話，實在太累了，這座山。微涼，我蓋着外套。抵着玻璃的額頭是片尾曲的樂鼓，一個小節會有三、四個分音符，自動打着拍子。突然，阿麗的男友喊一個休止符，司機大哥喃喃幾句，車立即停下來。阿麗拉開小巴趟門，「喂」了我們一聲。我們不情願地睜開眼看：散光，接着是一片白，整整一片白。

我們來時這裏仍枯黃遍地，山中一晚，凡間竟過去一季。湖南兄弟跳下車，發覺氣溫急降，又衝回來搶羽絨。司機大哥笑着，豪邁地，提示我們只留十分鐘啊，還要趕路啊。我們四個城市人互相拍照，最後決定不拍了，趕忙堆雪球互擲，我們幼稚的瑪尼堆。湖南兄弟在另一方互擲，阿麗他們也擲，那對夫婦看着我們傻笑，最後也裝裝樣子拋了幾球。他們並不知道，輕率道別過後，我瑟縮香港小房子寫了一首詩，今年年頭戴着口罩，在中央圖書館讀了一遍：

天不是很明亮
我們給編成山的毛線
從穿衣脫衣的漩渦
重複呼吸着高海拔
幾個小女孩步下來，指向前方
像甚麼都很接近，甚麼
都不值得疲累。沒有被鼓勵吧？
至少喘息和頭痛亦不需要理由
影子有我們骯髒的形狀
而我們附有麥穗氣味
再過一會，可能流入牛奶之海
一頓早餐的豐饒

幾天以後專注地吃着，唯有瘦楚
駐足在曾經行進的山嶺
沿途踏過的砂礫會不會就是宇宙的眼淚
風突然襲來，我們趕緊閉上雙眼
留下自己的隕石
又在當地人堆疊的小石山
許下一些願望，別說出來，有回音
我　們　不　會　回　來　了
一年過去氣壓把人縮得瘦小
行囊變重，鈎住一大片草原
忙於撿拾彼此的善忘
再沒有抵達更遙遠的地方

那個苦夏的拼車旅行仍在公路
我們下車去看嵌入輪胎的扁石
一排鳥影整齊地越過
對望之間
兩類物種即將失卻所有方向

有時關燈準備睡覺，我都掛念這些不認識的、各散東西的善良人，現在如何，是否安好？世界被打敗，公路沒有車行走。我總遺憾那夜被分到孤獨的樓層，一個人面對黑的幻想，像現在。也同樣遺憾沒有完成小小神壇，只能借誰的石堆，默默許願每年雪水，可如期沒入牛奶之海。

愛斯基摩船頭拯救法

我是在初級二星班認識阿壯。獨木舟會名單裏，所有人都微小得餘下暱稱，所以我不清楚阿壯是真名、洋名譯音，抑或姓氏異讀。我只知道這稱呼絕不是借代，阿壯瘦小得很，每每「雙人倒水」，他都比前一晚經歷柔術打鬥、吞去半支威士忌的我吃力，某次他托艇時突然乏力，艇身擲回水面，功虧一簣。我假裝想練習「單人倒水」，着他先去休息。

甫開口我就後悔，他說聲好，落寞地踱回岸邊。或許他沒有不快，但他踏出水面，艱難地一步接一步，我更加內疚。我安慰自己：我是不擅合作才玩獨木舟，況且這是我第一次跟年過七十的前輩當同學，說話拿捏不準會被原諒吧？

阿壯確實沒有情緒，像上帝的日常，他為我領好飯盒，餐具擺上面，還有紙巾夾在飯盒下。我的道謝因而虛偽，扯下面罩便吃，狼吞虎嚥。茹素的阿壯問我會否繼續參加，接着的級別好像比較需要夥伴。是嗎？想到剛才不小心掃去別人尊嚴，我就一同報讀餘下期數。反正疫情下時間即是浪，歸還予海又給捲回來，人們如水針魚卑微，在裏面過場、迴盪、隨波。

我很怕被人知道職業，同學會定義我認真古板，導師也小心言辭，生怕被「人之患」詬病，不苟言笑。我沒有正面回答阿壯，反倒是他頃自說走遍了山，就嘗試戲水。我學會斂藏，不作評論，讚許他筋骨柔軟，「踼艇」動作自如，不慌不忙就將艇身掌控，左右左右，往後所有反水動作一定如魚得水。其實終究是扮演意外，把自己栽進水裏，冷靜地收拾情緒和行囊，拍艇、揮手、出水、找槳，就這麼簡單。放空，不讓自己構想深海的鯊魚、海蛇、水妖、屍體，便不致年輕學員般恐懼，大呼小叫，海灣也震懾住。

學會了自救，責任膨脹到拯救他人。教練不建議輕易跳進水，他盯着艇排一列的我們，於海中心載浮載沉地描繪《鐵達尼號》的情節：巨船翻側，某男子惶恐中按着女主角，兩人都以為溺水，被生存之力壓制的一方求救，抓住不明浮物的人求救，很無助吧？雙方最後也無辜地消亡，而兇手，是搖晃着我們的海，以及主動或被動的恐懼。我立時坐直腰板，抵住艇身，奈何怎都不覺完全平衡。獨木舟大多是徒手拯救，以艇或槳作支點，最後才掏出繩索，拉走損壞的艇。教練要求兩人一組，救人亦要等待拯救，反覆練習。好幾次輪到我飾演水中人，亦借故用腳幫忙撐艇，阿壯就不用咬緊牙關，拉動注滿海水的艇艙。我是不稱職的肇事者，拯救者也無從稱職。

教練以為我們進度良好，於是指派一人留艇，其餘學員悉數下水，計時四分鐘，不論任何方法，六名學員回到艇上方算完成。一揚聲，拯救者決定先救我上水，我重施故技，減省女生倒水體力，很快便爬入艇內，分工救人。不遠處阿壯猛然揮手，他笑着假裝傷者，友善地說着救命。限時。腦中閃過一個秒鐘，我決定先救更遠的女生，再回頭救他。艇越過去我不敢看阿壯，專注為女生倒水，按着船艙讓她坐穩。慢慢來，別怕。

最後一分鐘，阿壯的槳還在揮舞，笑着求救。只剩下他一人。我急得很，緊急以船尾舵轉向，艇身打側，一直向笑着的他滑去。天秤座的我又記下自己的不公平，總是希望盡快撈起他，以堵截計時器和內心的愧疚。然而我的船尾舵控制不穩，赫然收掣不及，啪的一聲，槳和人瞬間埋沒，只有浪。我慌了，靈魂拋下槳攀出艇下水巡視，鯊魚、海蛇、水妖、屍體全都聚攏過來，無數的爪伸出，塑膠艇身給刮出血來。救命。我體內海床叫喊，不住地喊，我恨不得現在就跳下水，強行睜眼在混濁的水裏搜索。

突然一雙手攬緊我的船頭，翻側的艇滾回正方，阿壯「踢艇」躍出水面，沒事人般隨手撈回船槳，笑盈盈跟我答謝。我看着夥伴獨力支起自己，游走。海裏只餘我一艘艇隨波逐流。

任務結束，我們到附近無人島歇息。說是無人島，不過一塊小土地，很多艇手和比堅尼聚集，播輕快音樂，儼如災難電影前奏。劫後的我們安頓好艇，坐沙堆上望海。我問阿壯有否受傷，老骨頭，沒事。他環視島上，說參加訓練是希望攜太太來這樣的無人島靜靜地午餐，一次就夠。她快記不住了，我想盡力帶她看一下海。盡力。他重讀一遍。我是失戀才玩下去，我當然沒有揭穿。冬天過後我們再見吧？阿壯說，那時水暖一點，我們回來佯裝拯救和被救。

那些我在夢中見過的人

空腹的人說夢就像說夢話似的。

——班雅明〈早點舖〉

一

有些夢裏，我們分明知道是場夢，醒來便是醒來，但我們仍默不作聲，靜靜感受奶精倒進黑咖啡的漫溢。我是在外公頭七那天夢見他，從此就再沒有遇上，一次也沒有。即使我只得十歲，我依然辨認得到內裏的不真實，不是因為場景朦朧劇情含糊，而是我從一而終，就是仰視外公下巴，一動也不動。

沒錯，我坐在他大腿上，如很多年後我偶爾發現的一幀照片。他沒有說話，一直看着前方，我順着他的視線看去，沒有電視機，沒有另一個人，沒有日曆，只有空白無限延伸。生存在等待，死後也是無盡的等待，多可怕，我不期然地想。在這場超脱時間和空間的默劇裏，我陪他坐了一會兒。我不知道自己是從哪一節戲碼被突然借調過來，安放在他的劇目中，演繹一個不用對白的小嘍囉。或許他的讀白是在內心，觀眾亦是內在的。最後他都沒有給我任何啟發將來的警句，沒有鼓勵，也沒有突兀地在我面前化灰消失，咚的一聲我跌撞在木摺凳上，燈光慢慢收暗。全都沒有。我不知怎地張開眼，有點疲倦，坐起，繼續在各種目的地和床之間糾纏。

這是多麼恰如其分。我從沒見過爺爺，特別疼愛我的外公就兼任了兩家的大長老。媽說他曾是國共內戰的伙頭兵，來港後當過苦力和廚師，經歷幾次喪子之痛，一名兒子在泰國服刑，含辛養大幾個小黃頭，喜歡吃狗肉……這部冗長的傳記，我只讀到下冊最後幾頁：呼吸機、摺凳、人字拖，還有他臨終前一天，喚我進病房，盯了我大半分鐘，氣若柔絲地說：「得啦。」

得啦。好一段日子，我渴望這是我聲線發出的最後一句話。那好像把所有無常和片段，以短促的音節圓滿總結，無可置疑，用口語表達「成了」的意思。無窮盡的等待，努力地和陌生人擦肩，走過一道熟悉街巷之後迷路，終於找到屬於自己的小摺凳，穿過別人的夢，逐一以不同方式道別，醒來便可以忘記，不必快樂或遺憾，多好。

二

還有一種夢我們可以立刻分辨出來，那種懶惰得直接從現實複製過來，反覆排演的劇場。很多人推搪說日有所思，但我從小就認定我們腦袋之中，寄養了一隻保安精靈，當我們閉上雙眼，他便找錄影帶播放，嵌入單人沙發，撈起爆谷汽水，讓藍光閃着閃着。有時候他悶起來，便動手剪接，隨意把遇過的人和事隨意拉扯，樂此不疲。更多時候會跟我們一起打盹，如電視台深夜操作，畫面重複播放，或一口氣播放數集至大結局，單純又粗暴地霸佔頻道。

相信體內精靈都像我一般慵懶，今夜他打着呵欠，讓我又回到地鐵車卡。繁忙時間前夕，剛開通的東涌線格外靜謐，如往後十數年經歷的天災人禍，被無情輾過的城市仍卑微地呼吸着。地底洞穴一如既往般佈滿彎道，拐向，蠕動，前行，我們習慣任人擺佈，假裝自由：小孩把自己吊起、老人倚着玻璃淺睡、婦人專心數算膠袋內的餸菜，沒人打算拯救的女學生步步後退。

那年頭《電車男》只是一個不着邊際的愛情童話，現實或夢境都沒有燃起勇氣的契機，內或外我們都是觀眾。我曾多次幻想，只要女學生堅強一點，着跡一點，還未選科的我便立即挺身而出，幫忙喝罵西裝男子。我需要多一點提示，來肯定你們並不認識，避免誤會了卻無法逃離仍然專心潛探的列車。列車盲目地往前衝，吊環左搖右擺，站在我面前的兩人前進後退，都沒有跟我的眼神對上。這裏是達利的《記憶的永恆》，時間癱軟一角，敍事法則毫無意義，卡在相同畫面的我，盯着站和站之間的箭嘴明滅若心跳，快告訴我，同學，我要下車了，我應不應該動手？

嘔吐。那年我收到同學傳來小電影連結，點開是關於公車上女學生被乘客侵犯的大熱橋段，不是一個乘客，是車上所有乘客。我吐了出來，咳嗽，淚水和唾液逃不出來，窒息一般。我逐漸意識到保安精靈並不是懶散，反是故意從影片櫃子取出這段夢境，竊笑，重複播放，前進後退定格，要沉醉於休息的我難受、反胃，重疊兩個車廂內的女生面容，起來沒精打彩地潛入人群，展開羞愧的一天。陽光照不進去的陰暗面，你其實不如你想像般善良。多活幾次，你沉默的善心還是無從證明。

三

我是在預科畢業後夢見他，跟我同班兩年的同學。空無一人的班房，走廊冷冷清清，蟬鳴，沒開燈，風扇不自主地轉動，他雙手支在兩張書桌上，說話被斬得支離破碎。但我依然聽得明白。那是他多年前打錯了給我，我追問他為何選擇自殺時的回覆。現在一模一樣地面向着我，重讀一遍。

他說他不開心了良久，好像從中二開始，情緒陷入低谷，找不到繩索。中二。夢裏的他沒有續說下去，呆呆地看我，容我自行搜索那年的記憶。但腦袋關閉後本來就難以回想甚麼，我只記得我們沒牽掛地笑，某一節課沒有代課老師，誰抄起了粉筆開始亂擲，誰又舉起當年破損的摺合式書桌桌面去擋，反彈彈中了誰，那誰又執起往未知處拋去……不開心嗎？我站起來，無法操控似的打開桌面，把課本一一埋進背包。

「不開心。」對方也開始收拾，文學、歷史、經濟。「但要我說一件具象事件，一件觸發我的具體細節，我又說不清楚。」他是在預科第一個學期，躲進浴室偷喝化學物自殺的。家人在客廳看電視，是低俗的遊戲節目，全家人捧腹大笑，茶几上剩下他未吃的那份梨，廣告時間其姊抄起衣物準備洗澡，叩門、詢問、再用力詢問、旋開、尖叫，他早已失去意識，躺在浴缸。當然這是我夢裏快鏡播放的，我聽聞的只是學校刻意修飾過的陳述句，失卻描述和感情，僅此而已，好，請大家翻開書本第十七頁。從中二至中六這段日子，我也沒有任何痛或不痛的感受，那時候分離好像特別容易，每年被拋進洗衣機隨意攪拌，湊合成新的班級配搭，有些可能褪色，有些遺失配件、掉了線頭，勉強聚在一起下午又給替換，不同科目就送入不同課室，課題截然不同，語調有快有慢，但睡相、放空、畫過的圖案可能相像。

他退學了，我就沒有再與他相遇，直至那通電話。「他們說你當時加入了邪教，對嗎？」畫面突然切換到家中大廳，我的手裏拎着固網電話，卻清楚浮現他尷尬的臉。「這樣說可能有點奇怪，但人處於軟弱時根本擺脱不了宗教。」其實我比較關心的是邪教的一切細節，但不論是電話抑或夢境，對話也是無疾而終地結束。

我醒來時正躺在雙層床的上層，大字形，家裏沒浴缸的我，想像自己是游泳池中無人認領的浮板。耳朵還塞着收音機耳筒，主持人忙於解答女聽眾的感情煩惱，女聽眾又急着為自己的想法辯護，雙方自說自話，沒有人得到安慰。一同成長那幾年，我像漫畫裏的碇真嗣，踽踽看着人和時間，影子自我的軀幹流走，別在後面。我嘗試查找自己快樂與否，沒有既定答案。這些年來我都刻意回憶他苦惱的樣子，怎麼也聯想不到，但偶爾還是會記得，他放下電話筒前一聲微弱嘆息。想着想着，又不知是否確切聽過。

四

即使你反覆出現，我也說不上甚麼，現實一般，我們不再交談。

五

據說一個晚上我們會經歷五百多場夢，奈何記憶有限，我們只記得那些深刻的夢。內裏的保安精靈不會有時間限制，能在一個寂靜夜晚欣賞五百多齣電影，人物設定、情節走向、道具佈景大同小異，惡意破壞、胡亂剪接也是情有可原。像重複出現的臉尚未抹去上一場的化妝服飾，突然安坐不同時代的片場，也沒有人會跳出來投訴。現在我又穿上恤衫西褲，鐘聲響起便擱下粉筆，學生魚貫離場，好些還笑盈盈地走出課室。我滿意過去一節課悉心安插的笑點，鬆緊調節恰到好處，哪管當刻我對剛才的笑話、課題甚至授課年級沒有絲毫印象。

一個學生走過來，我清楚記得她已然退學，在真實時空裏患上抑鬱症，是小學殘留下來的創傷。我說服不了她，她不必說服我，校門外我借了她一百元乘車回家，還未收回。她走過來，木無表情，按着教師桌投訴我的笑話不好笑。

現實裏當然出現過相似境況，尤其女生，她們故作成熟，特意告訴我她已經長大，根本不需要無聊幼稚的腔調來讓她們提神，她們早就歷經風浪，明瞭前因後果，能以強大意志駕馭一切苦悶或無用的課題。她們沒有惡意我知道，單純知會我：我們是對等的，請用成年人的方式與我交流。

面對如斯窘境，我大抵都是微笑以對，慢慢收拾教具，一件接一件，一本接一本，從容不迫地營造出我才是最成熟的一個：「是嗎？好，明天見。」轉身，頭也不回，夢演不下去，全劇終，下一齣。

「老師，其實你可以不快樂。」

我聽到有人仰後，沙發窸窸窣窣，很微小，接着是抓爆谷，咀嚼。這當然是現實不會出現的對話，如此突兀，寫出來更要另開一段，只令人嗤之以鼻，然而一念逝閃的夢，往往出現一念逝閃的對白，放空沒有意義，字幕卡在畫面底下不出來。我的腦袋快速閃過很多片段，我在外公的大腿、我在東涌線的車廂、我是泳池漂浮的浮板，我全都參與了，卻沒有吭一聲。

我以為我可以於夢中自由進出，改變一點甚麼，卻只是不停地模仿單一角色，像不曾研究演技的演員，舉手投足都有相同的影子，改換衣飾，穿上另一個名字就充當截然不同的人生。她沒再説話，踱到自己座位，收拾課本，輕率地拋下一句明天見，轉身，頭也不回，全劇終，下一齣。

六

獨居以後我很害怕睡眠，害怕關上燈，視覺尚未適應在幽暗裏繪畫一圈圈迴光。我曾經看過一篇鬼故事，説睡着了便是人類意識最薄弱的時刻，稍一失神，軀幹就會被佔據，醒來以為自己在夢中，夢裏一切卻破壞着現實。但我一次也沒有夢過第三人稱的自己，也沒有像古人般，見過超越時空的神交對象：杜甫、李賀、費茲傑羅、金子美鈴、張國榮、希尼，不曾在我虛構的平行宇宙，扮演一個過場的臨時演員。

我夢見的，全都是一些安靜的人，正忙於表現安靜。他們斷斷續續地登場，在每次輪迴裏搬演發生過或未曾經歷的小事：髮型師看着鏡提醒我不要待事情不可收拾時才處理；不再聯絡的老師說年老是一下子的事，沒有漸進；前女友輕輕拍我然後描述一個我頻繁死去的夢。最激烈的一場夢，是和老師爭執，我聲嘶力竭，證明自己正持守老師過去理念：觀察世界，感悟世界，盡量不去成為冷酷無情的人。夜半醒來後，我想到更合適的措詞，用力閉眼，已經太遲。天緩緩地亮，分隔線從窗台匍匐到床沿，到腳掌，暖和。一晚約五百個夢，或要等待下一次回放才可放膽說出來了。

沒有選擇我們的原子彈

——讀峠三吉《原爆詩集》

不如先說一下此刻的時空：晚飯後、書房、手提電腦、酒。詩集是美麗華商務結業捧回來的十七本特價書之一，好像十元，又好像是二十元。我是搜索者，那裏像廢墟，如今是書桌。想造作一點，以背景音樂伴着寫讀後感，Marshall Stockwell 2 播放麥浚龍的〈我在切爾諾貝爾等你〉，這一秒剛好播到「如爆炸計時開始了／繼續愛也是某種傳奇」，喝一口白酒，感激或討厭原子彈沒有選中我們，我們仍然在幻想，幻想輻射下的戀愛：蘑菇雲前拖着愛人奔跑，又或是煽情如《鐵達尼號》的老夫婦，抱着一起靜候消亡，而不似詩集中合共出現了三次的畫面：一個女學生被炸得支離破碎，衣服遮掩不了下體，屁股還帶着乾涸的糞便。意象重複了三遍，很重要吧？還是說構成了目擊者永恆的陰影，夢裏不時跳出來折磨，重播，起來，痛哭，再睡不來或醒不來。峠三吉甚至嘗試重塑屍體主人的故事，寫成〈那一天何時到來〉，讓我們這些早已劇透了結局的讀者，一同感悟女生鬱悶和無知的一天，然後又一同迎來她突然的死亡。真實，卻無法扭轉劇情，女生送不送父親上班、有沒有忍住被責罵的淚水、妹妹的門關好了沒有，原子彈依舊公平地劃過來，巨響、火花，怎樣也逃不掉了：

用懂事的心　在戰爭間細細培育
謹慎壓抑希望的彩虹也燒毀了
活着、工作　不受人特別注目的
溫柔存在

以地球上最慘烈的方法
在這裏　被殺害了

——〈那一天何時到來〉

我們的幻想說：「世界雖說大／前行和後退也沒慈悲。」
倒帶或快播，死者都必須是死者。誠如自費出版《原爆詩集》兩年後，死於原爆症、躺於冰冷手術枱上的峠三吉，那個飽經創傷、描繪創傷的詩人於跋所言：「無論是誰直面此事，都會痛哭到無法自拔，陷入自己的情緒裏，卻無法全面性地感受究竟是怎麼一回事。」這種痛感最後就餘下呼告，撇開動機和正義，歷史夾縫裏的人，只可以不住質問，只可以任由痛楚掠過自己，慢慢地，深刻地：

為甚麼非得遭遇這種事不可

為甚麼非得遭遇這種事不可
為甚麼
為了甚麼
而妳們
已經連自己變成怎樣
已經變得不像一個人
都不知道

——〈在臨時綳帶所〉

日本是個非常壓抑的社會，敬語、儀式、道歉，充斥狹窄小島上，他們內斂，他們若無其事，他們擅長虛偽，他們不打擾別人，為的，可能是不想別人打擾自己。我們讀金子美鈴，總想不到她有着如斯悲痛的遭遇，她的童詩可愛，折射她的生命更見可憐。然而，這種被看成優良的個體民族，往往對於死亡有着深刻探究。他們熟悉死亡，他們善用死亡，大量自殺者選擇跳軌、到他人住所跳樓、衝出馬路等方式，肆意破壞陌生人的生活秩序，尤愛選擇白天尖峰時刻，好像死亡是必須有他人參與，必須得到最大關注，一種控訴世界的手段。我並不是要評論生死的重量，當然不是，我要說的是，他們極少直接談及死，甚或是死後的畫面，他們總是以死討論生，諸如《挪威的森林》被遺下的兩位主角，又或者漫畫《自殺島》裏一群被放逐的慣性自殺者，如何從被棄養的島上追求生存的矛盾。

可是，整本《原爆詩集》根本沒有走向正面元素，不會有重生的苗芽，依我看來，可能同樣沒有刻意營造負面情緒，無關輕重。因為那個時空，那個城鎮就是屍橫遍野，就是沒有任何生的意識，只有痛，和看着別人痛。詩很直接，類近我們小時候學過的白描，留下一些線條，沒有質感，不必聯想，亦足以讓人黯然。我想起六歲左右，救世軍社區中心舉辦動畫電影會，不知怎地某天播放的居然是《再見螢火蟲》。試想想：一群十歲不到的小孩，圍着一部「大牛龜」電視，沒開燈，影片開始前照例帶着錄影帶的雪花，開始了，小孩都很期待，屏息靜氣，電視出現一男子，掃地聲，在一個明亮的公共空間，依稀記得是火車站，他嘆氣，對着同伴說又一個了，這次眼珠也凸了出來……我發誓我沒有重看，往後一次都沒有，只是那些對白的淡然，連帶我辨識到他們所說的是屍體的震撼，矛盾、否認、凝神、抖動。我沒有經歷戰爭，沒有發現過屍體，卻感受到習以為常的冷靜有多陰森。又一個了。麻木的人，好像比身處地獄更似魔鬼。

詩人書寫創傷，不流於原爆那天的即時痛楚，不完全是原爆當刻的畫面，更重要是人，那些倖存下來的行屍，身體殘留着別人的報應，習以為常地在曾經鍾愛的街道——現在的大型地獄中拖行肉身。可能，每天都想死，可能，每天身心也同時死去一片或一遍：

啊　已經
無法再前進
獨自黑暗的深淵
太陽穴的轟鳴聲急速地遠去
啊啊
到底是怎麼回事
為何我竟然
躺在馬路邊的這種地方
並從你身旁遠離
死，除了死

難道
沒有別的
活路
嗎？

——〈死〉

幾天前我請學生作文。理所當然，他們所能聯想的最大難關，是親人的離開。我曾讀到一個女生的作品，她把自己一家都「抹殺掉」，留下自己在最後兩段痛哭，倉促地學會珍惜眼前人接着立即 move on，繼續人生，大團圓。這次我剛好任教這女生的胞弟，他相較仁慈，只弒去自己父親，無獨有偶地學懂了甚麼。派發作文當天，我重提他們一家巧合的悲劇，笑說他們應是姓「宇智波」，心狠手辣多點，很快就可以得到「萬花筒寫輪眼」。

哄堂大笑。然後我想起，我一直未敢觸碰親密的人的死，沒有寫出來的衝動，生怕消化不良的自己會在上吐下瀉的情況下，將別人的生死寫得過於輕易。兩年來我都惦記着那葬身火海的好友，她救了父親，躲避不及，就這樣給活活燒死。我總是想，天真、樂觀的她，肇事前還說想念跟我放肆聊天的她，人生最後一分鐘，被火舌包圍，熟悉的房間裏，火竄到書桌、電腦，最鍾愛的擺設，到腳上、身上，可能是臉了……這種畫面有多絕望？葬禮後我縮進升降機，她的鄰居一句接一句地說，若不是她走出來拍門，這次躺進去的便是我們了。我想起十分鐘前，她的父親捧着照片，和我們這些初次見面的人說着說着，就苦笑道：救下我有甚麼用呢？然後便痛哭起來。

有人笑了。我參與編寫的舞台劇其中一幕，以巨響代表角色自殺。砰。笑，一個人笑了，幾個人也笑了，最後全部的觀眾都笑了。我是後來才聽到別人說：人會在無法處理情緒時，本能地笑出來。我不接受這解釋。三十萬次巨響，廣島有人會笑嗎？峠三吉說：「只是，回憶的過程夾雜着嘆息與放棄的色彩，每日浮動的生活、倖存者的肩上所背負的重擔不斷地加入新的血淚、不斷淌血的性質，還有原爆極度殘酷的經驗及其所引發的恐怖，這些完全改變了人們對於戰爭的既定印象，所帶來的不安與洞察、乾涸的淚、凝血、凹凸不平地在肌膚裏層那樣特殊的深處存在着。」

是的，戰爭，我們未能及時體會的經歷。我們讀辛波絲卡，我們讀阿多利斯，我們讀聶魯達但我們，寫生活感的詩，聽着核爆卻談論愛情的歌。這次我同樣不是要批評甚麼，我甚至仍只能書寫自己的生活，只能在網絡分享日用飲食，不談別人和自己的債。因為我不懂，也不能夠懂。生活和規條裏，我們瘦成自己的未亡人，有些創傷不宜高談闊論，只得用白描，峠三吉一樣用凝結的血膻默視覺，不談感受。其實當個不理解情感的學生，書寫逝世只得片字隻語，無病呻吟，草草收結，佯裝學會一切，亦可說是一種單純的幸福。沒有選中我們的原子彈，太平洋某處沉沒，傷痛就無法編成一冊小小詩集，沒人讀到，就不會有共鳴或相似的痛，血液裏游走，扭曲，改變一些基因，仍然快樂和懵懂。

誠如詩人所說：「我想要在此重申一點，我只是作希求和平的詩而已，只是在人類不得不被剝奪基本自由的時代下，選擇了背道而馳。我這樣的文學活動，已經造成我個人生存上毫無立足之地，有形無形的壓迫與日俱增，而且愈來愈嚴重。這是日本的政治現狀無視於人民的意志，而不斷妄想着重蹈戰爭覆轍的最有力證明。」以戰爭詩求和平，用一具具屍體陳列的畫面，塑造生命的可貴，那已不止是珍惜眼前人或 move on 可以定義得到。文章接近尾聲，我想多說一件怪事，補完那位好友的離開。女友最近告訴我，她夢到了我們這位共同朋友，她笑着說要裝修房間，天馬行空，把超現實的設計都畫出來，被人理性勸阻，她一貫和善地說：不要緊！反正全都燒掉了，從頭來過吧！

這是我對渺小的我們的鼓勵。之於戰爭方，我還是語音輸入峠三吉〈炎〉的最後幾句，你們聽不到，但對我來說，讀出來還是有力氣些許：

這一夜
廣島的火光
映照在人類的寢床上
歷史終究
等待着伏擊
所有像神的東西

——〈炎〉

悼亡詩裏不發售的文字

上次詩會談詩，詩友對悼亡詩略作討論。席間不少注重藝術表現的詩友，執意認為悼亡詩應着重表達，用更高的藝術層次、文字功力，呈現對逝者的追憶，以及人生無常的唐突，故請帶來悼亡詩分享的詩友，先放下悲憤情感，讓詩沉澱，過一段時間後再作修改。但我卻不盡同意。拙作〈夏天的聖誕樹——給肥姨姨〉是當下即書，沒有作出任何檢覆修正，愚見這種致逝者之感情，絕不宜矯形造作，刻意雕琢，否則便對死者不尊敬，成為為了表現藝術色彩，借追憶為名，宣告為實，失卻追思本意。

當然，帶來悼亡作品的詩友，怯於造就詩會分歧，唯唯諾諾，只說會帶回去再三思量。我亦不敢造次，激起討論分化，遂以筆代口，在這裏暫借一隅談談對悼亡詩的看法。

最近拜讀了鍾國強先生的新詩評論集《浮想漫讀》，當中鍾先生探討的兩首悼亡作品，我極為喜歡，第一首是愛爾蘭詩人希尼的作品〈Mid-Term Break〉，載於詩人首本詩集《Death of a Naturalist》：

I sat all morning in the college sick bay,
Counting bells knelling classes to a close.
At two o'clock our neighbours drove me home.

In the porch I met my father crying—
He had always taken funerals in his stride—
And Big Jim Evans saying it was a hard blow.

The baby cooed and laughed and rocked the pram
When I came in, and I was embarrassed
By old men standing up to shake my hand

And tell me they were 'sorry for my trouble'.
Whispers informed strangers I was the eldest,
Away at school, as my mother held my hand

In hers and coughed out angry tearless sighs.
At ten o'clock the ambulance arrived
With the corpse, stanched and bandaged by the nurses.

Next morning I went up into the room. Snowdrops

And candles soothed the bedside; I saw him
For the first time in six weeks. Paler now,
Wearing a poppy bruise on his left temple,
He lay in the four foot box as in his cot.
No gaudy scars, the bumper knocked him clear.

A four foot box, a foot for every year.

Mid-Term Break，是指學期中的休假，依詩中敘事者的認知程度，不難理解他是一名寄宿生，在假期中休假回家。但這個休假是突然的，從敘事者整個早晨都坐在醫療室等候，至鄰居驅車迎接，可聯想到，其他學生是依正常時間表上課，唯獨詩中小孩坐在特別室裏，默默等待。為甚麼來接他的是鄰居？從下段可推測到，當時父母正忙着張羅，正忙着傷心。

In the porch I met my father crying—
He had always taken funerals in his stride—
And Big Jim Evans saying it was a hard blow.

這裏是敍事者入門看到的景象，巨人般的父親在哭泣，這次的哭泣與別不同，照鍾國強先生的翻譯，父親「平常遇見喪事，他總能從容應對」，「從容」這個字用得真好，凸顯出家庭領袖的強悍，也凸顯了兒子離開對他的打擊，這次他不能「從容」，死的是他的親子，他血肉的一部分。

相對父親，敍事者的另一個弟弟卻在發笑，天真地為熱鬧的家感到高興，甚至搖動床籃，請別人跟他嬉戲。稍能理解生死的敍事者，只着眼於尷尬，大人一個一個送上自己的安慰，握着他的手，讓他有力量渡過難關。

但他們不明白，這種行徑只讓一個不足十歲的孩童更難堪，臉紅耳赤的感覺，像是偏離了弟弟生死的關注，身為老大的他，只如鍾國強先生的翻譯，感到「窘迫」。

直到詩的第六段，逝者才與敍事者相見。敍事者沒有多餘感受，也沒有刻意描述，淡淡地形容對方面容蒼白，這已是他六周以來的一個微小總結。接着他略略講解弟弟左額的瘀血，點明他的死因，在整個相見的過程裏，都沒有帶出任何情感，志在描繪敍事者所看到的一切。鍾國強先生以此為高超，從一個多聲音的場景，迅速切換成一個無聲的相會過程，把他遇見屍體的感情，推向更震撼的畫面。

但最震撼的，還是詩的結尾：「A four foot box, a foot for every year.」我從一開首，就以敍事者稱呼詩人，原因是他沒有用上密集的修飾，反是以一個小孩的眼眸，逐步推展從宿舍回來，到弟弟出殯前的過程，像回憶，簡潔、有力、無可挑剔地探討生死，不止是成年人的生死，還有小孩看小孩的生死。在小孩眼中，弟弟的死是可惜，但他在出殯前仍心不在焉，數算棺木尺寸，然後得出如斯震撼的力量。這令我想起重松青的小說〈畢業〉，其中說到一個小六學生，在面對快將死去的老爺爺時，偷偷用相機拍下。你可以說他是極不尊重，但在小孩直接的思維裏，他只是想記錄重要一刻，如你不會介意希尼在親人出殯時，還在比劃棺木大小，要初生者經歷抽象的生死，本來就是不合理的。

從這首好的悼亡詩看來，寫這類題材不宜多作營造，甚至連太深入的挖掘，都好像多此一舉。希尼用的視點，不過是最平凡的孩童眼眸，但你仍會感到震撼，感到黯然。以相近處理手法的，還有黃春明的〈國峻不回來吃飯〉：

國峻，
我知道你不回來吃晚飯，
我就先吃了，
媽媽總是說等一下，
等久了，她就不吃了，
那包米吃了好久了，還是那麼多，
還多了一些象鼻蟲。
媽媽知道你不回來吃飯，
她就不想燒飯了，
她和大同電鍋也都忘了，
到底多少米要加多少水？

我到今天才知道，
媽媽生下來就是為你燒飯的，
現在你不回來吃飯，
媽媽甚麼事都沒了，
媽媽甚麼事都不想做，
連吃飯也不想。

國峻，
一年了，你都沒有回來吃飯。
我在家炒過幾次米粉請你的好友，
來了一些你的好友，
但是袁哲生跟你一樣，

他也不回家吃飯了。
我們知道你不回來吃飯，
就沒有等你，
也故意不談你，
可是你的位子永遠在那裏。

詩人用的，是最單純的父親視點，也是自己第一身的視點。他沒有用任何深刻有力之意象，只是把兒子死後的情景，原原本本地描繪出來。他以無數次的吃飯經過，帶出父母在兒子死後的神傷：「我知道你不回來吃晚飯，我就先吃了，媽媽總是說等一下，等久了，她就不吃了。」在這看來，父親相對理性，願意多吃一點，但母親洶湧的感情卻將她摧毀，不吃不喝，更「不想燒飯了」。父親嘗試自行煮飯，但失去了兒子，也等同失去了妻子的幫忙，作為家庭領袖的詩人，都只能陪着妻子發呆。

恰好這兩首詩，也有刻劃一個「白頭人送黑頭人」的父親。希尼的父親禁不住自己的傷悲，無法像往昔一樣從容面對。但黃春明越過了傷悲，想到了家庭，想到了未亡人。他看着妻子「甚麼事都不想做，連吃飯也不想」，便鼓起勇氣，跟兒子朋友辦了幾次聚會。聚會的目的可以是逃避，也可以是面對，他懵懵懂懂地為年輕人炒米粉，告訴兒子他的朋友仍活着，告訴妻子他們仍要面對，而且不止他們一家有同樣情況，也有年輕人「不回家吃飯」，也有無數父母等着兒子回來吃飯。

最後一節的處理，黃春明與希尼截然不同。如果希尼是用孩子的口說出震撼結局，黃春明就是將鏡頭放慢，回到一個熟悉的佈景：飯桌。「我們知道你不回來吃飯，就沒有等你，也故意不談你，可是你的位子永遠在那裏。」整首詩重回原點，沒有任何推展，結局也是一對父母，父親在吃飯，母親不吃不喝，對面的位置依舊懸空。身為父親，身為仍然生存的人，只能用一個空椅子，永遠讓對方留在屋子裏。

這首詩同樣沒有刻意雕琢，甚至用上諸位詩友嗤之以鼻的簡約風格，沒有任何焦點，分拆開來也不能造成宣傳文字出售，但卻是如此動人，如此真摯，令沒有喪子經歷的亦能有切膚之痛。

或許，兩首詩的先天優勢，都是站在一個極佳的位置。一個小孩的視點，一個父親的高度，致令如斯樸實不華的悼亡詩，能發揮得淋漓盡致。相信也有人會認為，直白表現難以說得上是詩，不少詩友至今仍認為，詩要有新意、有詩意，否則我們用簡單的文字表述就可以，根本不用這類文體。我要說的不是文體的限制，反是感情的表達，容我再用鍾偉民的〈水月殮〉作論：

又帶來你愛吃的香芋，孩子，
這裏風真冷，但海水更是冷得我
抓緊涔涔漏下的細沙。
也許我是不該來的，
一家人，圍攏着點燈賞月多好！
就是到這海灘來追月，也滿不錯吧。
那一年，過了中秋，你就十九歲了。
為甚麼月到中秋，竟出奇的缺！
你說像不像打掉一半的算命鑼？
浪大了，媽，月光真像打碎的算命鑼。
回去吧，不要責難爸爸，他已悄悄來過。

朋友識趣的該不會提起我。媽，你瘦了！
放在神龕上的飯菜和香芋，
留給自己吃吧。怎麼說
月光也是追不回來了；而且我有點怕，
你的臉比月光還要蒼白，還要難看！
你已經不像我的媽媽。

走吧！走吧！風又大！浪又大！
大娘，你獨個兒在胡謅甚麼？
你一定在看那孤伶伶的漁燈！
太遠太黑了，也難為你可以看到；嗨！
那遠遠還有一點光！

是引航燈吧……

附識：摯友滿華於七九年中秋節翌日，遇溺於長沙海灘，作此詩，聊以為悼。

這首詩與上述兩首不同的是，詩人用上了多個視點入詩。首節先以一個母親的角度，寫她在中秋佳節來到了亡子的肇事泳灘「賞月」。與黃春明妻相同，她對亡子極為思念，毅然到來眺望茫茫大海，但大海溫柔，也很洶湧，它是殺害兒子的兇手，故在這個惡性循環下，她才想到「也許我是不該來的」，接連又想到過去的圓滿，以及現在的月缺。這種直接抒情的表達，延順着一個未亡人的心態而行，相信一個傷心欲絕的母親，絕不會以文學技巧加以聯想放大吧？

第二節用幻想塑造一個死去的兒子，從大海走過來回應母親，但只限回應，不是對話。靈魂像是穿過不了人間，向母親表達想法，用字也像自言自語的語調。這節的做法或會滿足着重技法的詩友，但不能否認的是，詩人感情真摯，用直白的筆風表現陰陽相隔的無奈。值得留意的是，兒子提及了父親，貫穿三首不同地域、時空的作品，可見父親都是沉默，都是把一切放在心裏，不忍別人看到自己的難受，因為他們知道，作為一家之主，一旦自己崩潰了，家庭成員便會相繼倒下，他要忍受，要獨力忍受。

最後一節的視點，是不知情的好心人，也可以是詩人自己。他不明母親的思念，進入不了當中情感，執意請母親離開。他點明母親所看的是漁燈，不是靈魂，也不是兒子。他拆穿了一切，用直白的說話道出那是引航燈，是遠遠的一點光。

這首詩是三首詩來說，相對較多表達手法的作品，但我反對的不是手法，是質量。手法用得太多，只會埋沒感情，加入太多變數，令焦點模糊，完全扭曲悼亡詩的真諦。這首詩以三個視點書寫，感情卻是如斯真摯，不會使文字掩蓋情感，讓人只看到他的呈現，看不到他的表現。

當我們要悼念逝去的親朋戚友，我認為先決條件是「真」，真實、真摯、真誠，要先顧慮到寫詩的目的，為的到底是得獎或是獲得掌聲，還是純粹一種對情感的宣洩，用文字投映出自己和逝者的點滴，記人懷人，同時執拾行李，繼續上路。否則我們只是一部文字機器，沒有任何思考情感，為文而文，定期發佈幾首可供發售的內心讀白。

鬥魚

同屋主走了。在我讀完一篇散文，又準備翻開另一篇散文期間。我趕忙清理屍首，洗刷魚缸，慣常地投回清水，扭曲視覺裏盯着倒影的臉，苦笑浮着，我為何還要盛養一碗清水呢？現在，確實，只餘下自己了。

搬進去這所房子，我突然患上失眠症，早上輾轉過活，晚上也被迫着輾轉，忙得不可開交。接着早上是咖啡，晚上是酒，生活只希望帶着精神，生命渴求一種即時入睡的超能力。那必然是慢性摧毀着身體，尤其高血壓如我。女友認定是我未適應新環境，缺乏安全感，所以送我一尾鬥魚，讓注定孤單的物種，陪伴仍須學習寂寞的我。

還附有所謂魚菜共生的裝置。放心，你是很難很難把牠殺死的。可能就是這句話，我沒有為這尾魚改名（因為這天叫你Kobe來得及嗎？）。反正我們兩個世界只是恰好重疊，一個小宇宙被一個較大的宇宙包裹着：牠擁有裝置製造的氧氣和綠草，我有電視機，我有小說詩集，我有遊戲，以及一大堆放工回來未克處理的家務。養魚，和我所有沾染過的興趣一般——可有可無。小時候我當然也養過魚，一尾一尾豢養在牛奶樽內，羅列在層架上就如往後砌好的高達模型，只是擺放，偶爾撒糧，牠們便過得很好。我以為。至少此刻我也記不起牠們是如何從我生命裏悉數離場。

我盤算了好一會兒，才決定把消息告訴她。我不肯定下午五時左右是否適合道別或重逢，更不清楚一條小生命忽然離去，會否是忙碌一天推倒骨牌陣的最後一塊，然後在想像和欲言又止甚至啞口無言的交纏下，變得更討厭對方。我不知道。可能那尾小小鬥魚，真的有着穩定心神的功效，特別是這兩年挾着大大小小有聲無聲的挫折，牠就是以往藏於雞蛋的銀器，替人散瘀消腫之後，白白承受着黑氣或毒素。即使我還有依賴咖啡和酒，但依然平靜地捱過不少波瀾。

兩年兩個月零兩天。對方原來一直記錄着鬥魚的生命，牠是從前年十一月到來，那時我已獨居五個多月，被折磨了五個多月，直至牠的宇宙安放在我的雲石窗台上，開始接手我不動聲色的痛苦。牠是從荃灣川龍街附近給買回來，之後直接送上小巴，六蚊的車程內最後一次感悟世界，以後就被灌進私人宇宙，給關到這天。牠沒有說過自己的感受，天性暴力的魚類終此一生都找不到戰鬥，頂多只是陪我吃杯麵時收看動物頻道，或是在我講電話時聽我聲嘶力竭地爆粗，被擲下沙發的手機嚇得游走，可能已屬牠最輝煌的戰役。

再來就是看着我和她爭執，門打開又關上，摔破了甚麼，有人沉進沙發，想着想着就疲倦了。魚語有沒有「安慰」這個詞呢？有時候我會幻想自牠的視角，人類的活動都變得滑稽，碩大的軀幹左搖右晃、抑揚頓挫地證明自己是對的、無法隨心所欲地吃和睡、面對問題不會急速游走，還自以為探險般讓情緒潛入難以接受的海域。最後凝在一角，放空，開始回憶或後悔。

愚蠢。在這尾不知道我曾為牠寫詩的魚眼中，人類雖然巨大卻極為微小——肉身無法挽回，仍在想盡辦法讓甚麼留下丁點印痕。

「現在怎麼辦？」對方問。

「我只能再寫一點甚麼。」

「也好，牠值得被人記住。」我讀到這句說話。在牠的身體被馬桶沖走了的一個小時後。

母

月光很圓。我和母親一起抬頭看，然後低下頭來，繼續散步回家。回家的其實只我一個，母親總是在飯後説要運動，和我一同穿過屋邨，越過光輝圍以及幾間已打烊的大牌檔，爬上長樓梯、天橋，將我送到家門。接着她又會原路走回她的家，有時刻意繞一大圈，避過樓梯。

獨居一年，我還未能準確區分兩個「家」：一個是我的，另一個呢？我又好像參與其中，面積大一點、成員多一點，那裏仍放着我的舊物，房間空無一人，框架卻完好無缺，只我一人用的筷子依然清晰地紋着一隻躍起的馬，反而母親那一雙弄丟了。

如果我早知道她的筷子失蹤，今年我會帶上母親節禮物，而不是挽着薄餅和意粉。一家都是男人，母親預視得到，這些節期從不會有人細心準備。許多年前我好像送過康乃馨，又或許畫過一張卡，在老師威逼利誘下，第一次由衷地討厭形式主義，雙手奉上。母親可能很高興，但沒怎麼表現出來，否則我定必有印象，接二連三地找機會送禮，然後享受誇獎。

「你出世前兩天，月亮也是這麼圓。」

關於出生前的事，我也聽過無數遍，支離破碎：姑娘說你的孩子這麼長，一定是「頂心杉」、醫生說還未是時候，吃完月餅再來吧、我那時未知有你，還去旅行玩過山車跳樓機……這些瑣事都是我出生前的，但我最喜歡的，都是月亮這一個。

「我看着月亮心想：如果這一刻月亮壓下來，世界末日，那樣多好。」

如果我沒有出生。這個片段她說了好幾遍，我總是聯想不了平行時空下，我的父母正在做甚麼。我是在很多年以後，一個獨居而失眠的晚上，才明瞭我根本沒有於「沒有我的時空」存在過，無從比較，無從聯想。

我沒有問她有否後悔，就像我沒有將那首詩，轉發給她看。她只知道我得獎，作品叫作〈回家〉，往後收錄在詩集成為開卷作，但回哪一個家，寫的是不捨抑或自由，她都不知道。那些作品就像是文學本身，可以隨意放棄，不重要，又不必被理解。

母親坐在我家，看了一節電視劇，動身就走。臨行她會如常提醒我要抹窗，要吸塵，有空清潔一下洗手間。那些都在證明我不適合獨居，快將三十，仍不會照顧自己。我也沒有作聲，就似我沒有為抹手布辯護——那天旅行回來，發現有人偷偷上來清潔，它突然飾演了一條地布——好叫母親心安。

突然

曾經讀過一首短詩：

神的每一天
都在鏡子前說服自己
要愛世人。

而我醒來了，每天刻意告訴自己不是上帝，在掌心寫下一個「我」字，握着，在地鐵裏、在工作上、在休息間，不願鬆手。

我不記得幼稚園畢業時，在台上說了甚麼草率、單調的志願，我只知道這麼多年來，一直和不願說出口的理想步步錯開。但我習慣了，習慣自己像門一般沉默，習慣每天營營役役地開門關門，走進課堂擲下一些公式笑話，回到家的床上輾轉，折騰自己為數不多的餘生。

數年前一個聚會，有人問我：如果可以和十四歲的自己見面，會說甚麼？十四歲，最反叛的年紀：整天不在家，放學聯群結隊流連街頭，無心向學，還有最討厭我現在的身份。那時我常被老師針對，他們有意無意間，將我從人的尊嚴驅逐出去。我想他們大抵忘記了我，於他們而言，我不過是棒形圖中不過不失的小格，分數和責任都格外微小，但我一直牢牢記住，在不可能的想像中，提醒自己若當上了老師，要愛護每一個學生，要鼓勵每一雙被看輕的失喪的眼眸。

中四某一天晨讀時間，一隻麻雀迷糊間闖進來，找不到出口。同學們尖叫、躲避、揮動本月主題的名人傳記，麻雀在課室繞了幾圈，被莫札特、拿破崙、孫中山嚇得失去方向，重重地撞上玻璃，墜下時還一直盯着學校後面的小山。那年禽流感橫行，校方極為緊張，整班同學被迫疏散，終日在圖書館上課，某些課堂亦因而改作自修。只得冷氣躁動的空間裏，我同情那隻麻雀，甚至寄望自己能和牠一樣，死後還影響着一些人、一些制度。如果世界有一秒是屬於我的，有些人的生命安插了我的挫敗，那都算不錯。至少當時我是這麼想，後來當上老師，也刻意記着每個姓氏每個名字，希望他們也同樣記得我。

時間就給拖行到現在。我將自己摺疊，像一部機器，不住輸出試卷，修正似是而非的答案。學生在課堂中打盹，嬉戲，繳交一模一樣的答題，連錯別字都雷同。一個學生把「令」字寫成「令」，我圈下來畫下方格予他改正，收回來，方格離奇地寫作「含」字。到底是我畫得不夠方正，抑或是他也失去方向？回到座位，面對很多身份以外的荒誕，以及某些刻意忽視你的神情。我開始想起那麻雀，牠分明看到玻璃外的景色，卻在半空繞過一圈，才沉甸甸地撞向厚實的玻璃。牠並不打算逃出去，牠不是，牠瞥見再不像自己的臉，耗盡畢生的力，將自己迎頭痛擊。

我在無數的限期中存活下來，沒有惶恐，變得冷靜。睡夢中按鍵、打字、抓癢、打一個長長的呵欠，接連在現實中按鍵、打字、抓癢、打一個長長的呵欠，一些枝節變得不再重要，有沒有人記住我，我會不會記得別人名字，世界上任何一分鐘都沒分給我佔用。我像被砸壞的鬧鐘，失卻了發聲功能，時針秒針不再轉動，眼睜睜地看着萬物變化而封鎖自己，讓時間這個概念從我身上白白流淌。

如果可以和十四歲的自己見面，你會說甚麼？對了，我會跟你說，最後你還沒有任何變化，你沒有讓別人驚嘆，只是慢慢接受你也不過是個人，會難堪、會不安，會追趕着時間或被時間追趕。一些瑣碎的神色或動作，令你質疑自己的過去、現在，也一小撮一小撮地，讓可見的將來，自指縫間流失。

所以我再沒有去思考成長的問題。除了某天，老師說把我的詩投稿到一本有名的文學雜誌，我跟她說我又圓了一個夢。她冷冷回應道：「不要為小事過分欣喜，因為老是一下子的事，突然回頭，很多喜或憂都會消失。」我想「突然」其實也是漸進式的，很多時候都是因為我們習慣，習慣音調跳躍、習慣思緒斷裂、習慣在熟悉的街道迷路、習慣一場一場寧靜的失敗，我們才會在更大更震撼的變化中，突然被觸動，接着突然想起時間已在分針和秒針之外，枯竭了好幾年。

一切將吹散

我在夢裏抽空了整座房子。然後醒來，五時三十二分，頭痛，隱約聽見碎裂的聲音。現實只過了三小時，夢裏已是一天甚至兩天，分不清哪段生命才更完整，更需要急速枯萎。多夢的日子，我依賴咖啡，區間朦朧或更朦朧的線條。肌肉瘦軟，好像夢內一切動作也是真實：我是真的要移居英國，真的攤開行李箱，東西一件一件投進去，中途又真的不住聽電話，重複說「我走了」，每句都有痛感，熟悉的、不熟悉的，香港的、台灣的，敵對的、友好的，今生不會再見的、現實來不及說再見的。畫面沒有絲毫英國意象，大笨鐘沒有響起，沒有甚麼細節，所以真實。整場夢就是拾起物件，端詳，選擇帶走或留下，無休止。行李箱沒有上限，投進去就消失異空間，失卻聲音或漣漪，潛不回來。丟棄與保留，同樣意義不明。

過去兩年，每次開口都是哽咽的。仍然會笑，但僅限回憶裏快樂，一同緬懷後，給予同款的社交距離擁抱，揮手，注定末日前無法見面。我不能假裝情緒不張狂，被問及去留，冷漠地背誦「此處心安是吾鄉」，我不能。真的，抓住任何回憶的塵埃，始終堆疊不起曾經珍視的宇宙。不離開，只是單純的不想收拾，不想撿起三十年來放任的、現在只許被稱為痕跡之物：合照、經歷、場景、說話，甚至微小表情，正逐一離座，以後永遠缺席。

記得嗎？還有K lunch的暑熱下午，少年穿着校服拉扯電話線，肢體排除門外，點選午餐和雜果賓治。有人推門，立即收起力竭聲嘶，即使不抵，都要眼閉。我們都笑了。完場前必須點一首串燒金曲，就像揮霍是時間的本質，十多歲的百無聊賴構成生命的全部。隨意走進認識的人的房間，奪去咪高峰，打鬧間續唱陌生的歌曲。原來已是最好的成長片段。

鬧鐘成了每一集的片頭曲，醒來，無縫接續剛才的不由自主，坐起，切割到不同場合發呆。很多畫面被鐵閘鎖住，往裏面一瞧，光線探不到盡頭，瞥見飛花，飄落，不知所終，揀選任何歌曲亦不能拖延多久。習慣錯失，學習道別，床是實習葬禮的大型道具，我們圍圈或給聚攏，每一秒都哀悼過去。每一秒都是過去，我們早早蒸發所有抗拒的力氣。

誠如那年的庸俗電影對白：我的缺點是記性太好。那年三五成群去看最平白卻又最令人「動容」的電影，有人抽泣，我們男生只會訕笑。因為我們還不會離別和重逢，還以為明天人數依然齊整。我的缺點是記性太好。我記住了所有，存放體內，仍然沉重待我整理。是的，那年烏黑的K房裏，用力唱完「靜默地拭乾了淚」，停下半秒，要恰到好處地放輕聲，以虛構的回憶好好處理餘下兩句：「一切請珍惜／一切將吹散」。

404 Not Found

朱少璋

只要不是「禁區」，乘客按默契叫「有落」，小巴司機便心領神會，把車停在適當的路口讓乘客下車。

好些早已消失的物事，居然意外地成為小巴司機與乘客的默契。位於九龍塘聯合道三二二號的畔溪酒家，一九八一年開張二〇一〇年結業——差不多三十年了——我就在不遠處的大學唸書、工作。同輩人都以這間酒家為地標，乘客喊一聲「畔溪有落」，小巴司機就會把車停靠在溪畔；不偏、不倚。酒家結業多年，我還是習慣說「畔溪有落」，有時不好意思連忙改口：「司機對唔住，醫院有落先啱。」司機大叔反而報以一笑：「明啦，醫院有落身體唔好呀。」

這夜，我卻彷彿搭乘了一部失去了「默契」的小巴。車廂如夢，顛顛簸簸地在蒼茫夜色中向前駛，小巴將要轉出路口之際，我如常地叫「畔溪有落」。這回，司機卻說不知道哪裏是「畔溪」。我堅持說聯合道三二二號就是「畔溪」，司機一邊轉方向盤一邊加速，卻完全沒有停車的打算，還大聲問其他乘客：「你哋有冇人知道咩係『畔溪』？」這時，我才環顧車廂內的乘客，每一張臉都異常熟悉，有當年大學的師友，有在世或已離世的親朋；但他們都不曾看我一眼，只死命地盯着前方，咻咻地、節奏一致地答：「唔知道咩係『畔溪』。」車繼續往前駛，所有乘客都似乎沒有下車的意圖……

後來我才知道，對付這些我稱之為「404 Not Found」的怪夢，曾詠聽的方法最管用：「有些夢裏，我們分明知道是場夢，醒來便是醒來，但我們仍默不作聲。」正是「看穿不説穿」的最佳註腳。像「畔溪有落」這些零碎的城市默契，年紀越大就積存得越多，到頭來還是應驗了詠聰的説法：「據説一個晚上我們會經歷五百多場夢，奈何記憶有限，我們只記得那些深刻的夢。」不過，「奈何」似乎應該換作「幸好」——

據説一個晚上我們會經歷五百多場夢，「幸好」記憶有限，我們只記得其中九十六個深刻的夢：其餘的都成了「404 Not Found」，多好。

格林威治的誤點

輯二

親愛的天秤座
我們也喜歡平衡和不完美
雨一直收納在我們的詩
沒有身體，不能繁衍
卻種出了樹和海
以及一切我們鍾愛的意象

日子懸掛窗外
一直沒收回來
放心，你們把門旋開又關上
誰都能理解彼此的徬徨
儘管我還在點頭、還在偽裝
還在不遠的地方構想着遙遠

長連式與頂心杉

那是一幢長連式公屋。媽後來告訴我，她喜歡這種建築結構，小時候住井字型，常常有人一躍而下，癱軟天井正中央，展露死亡的重量。那年我們住的趣園樓也有人跳樓，但因座向問題，輕生少女的故事都是口耳相傳，六歲的我完全錯過了直視死亡的實習機會——除了某個黃昏，媽拉着我回家吃飯，隨手指着擱在垃圾房外的一兩個黑膠袋，說是包裹殘肢的，嚇得我拔腿就跑，鍾愛的足球亦棄之不顧。

我們的單位在三樓，挨近走廊終點位置，相較樓層兩個「轆口」位，走樓梯更方便，尤其樓梯的牆壁全是以一個個石屎圈堆疊，風穿過去再穿過人，我們都好像時光的篩子。樓梯口成了陽光和平價剪髮的據點，辦公時間外，第一家的黎伯伯會擺一張摺枱，在上面練字。我是經過媽多次糾正，才不再把他的同居老婦喚作黎婆婆，但說到完全明白為甚麼伯伯是我同班同學的爺爺而這個要刻意改稱阿姨的女人又不是黎老太，就要待搬離以後。我不常待升降機還有一個原因：媽曾說井字型那邊很多道友，某次同囚升降機的男人突然按停，扯開門，從石屎夾縫中撿起一小包白粉，媽形容那膽顫心驚是人生首次接近死亡，以為會因目擊罪證而遭滅口，可是道友根本對她視若無睹，門再次打開便竄了出去，關上前還能看到他拆開小包的興奮神色，以及他瘦成防墮欄杆的小腿。

長連式也不是沒有道友，我不止一次在樓梯轉角瞥見針筒，但具象的犯罪工具並不是我最厭惡的——某天同一位置擱淺一大片糞便，奇臭無比。那些年大廈管理就等同一個打瞌睡的老伯，我連續一星期捏着鼻子跑回家，又捏着鼻子衝下樓踢波，好幾次我都幻想手上的足球用力過度自手上鬆脫，在那攤棕色生化毒液中，泛出漣漪盪漾的湖水聲。這從未在現實響過的微小音效，竟比《今日睇真D》解剖羅茲威爾外星人的懸疑音樂，更叫人倒胃。

陳太告訴我，她親眼目睹十三樓傻婆褪下吉蒂貓睡褲，在那角落方便。我當然相信陳太，她每逢下午三點準時搬出藤椅，搖着扇大喊「開會囉」，接着走廊兩側的街坊依樣葫蘆，敞開鐵閘，拿起各式各樣的小凳在自家門前坐着（當然要避開土地公的月餅罐），面向同一方向聊天，像乘火車，駛向無窮盡的屋邨是非。祖母讓出單位予我們前，也恆常聽着陳太這個未正名的「業主立案法團主席」把持朝政、大放厥詞。早前陳太言之鑿鑿地描繪公園一男子肆意露械，現在出入總利剪傍身，再遇上定必手起刀落，懲惡懲奸。幾天後的中秋晚會，一名蓬頭垢面的中年男子手持穢物，被我們幾個小孩重重包圍，我的結拜大哥、四年級重讀生老楊更往其要害擲蠟燭，「火燒亞馬遜」，對方立時落荒而逃。那是我們第一年打消「煲蠟」的惡念，反而行善積德，狙擊屋邨露體狂。

然而秘聞成了陸運會的接力棒，兩行單位爭相傳輸，一戶接一戶，最後傳到我們單位，媽大力關門，比賽結束，我仍在跑道之上。我那易碎的手腕穿過趟閘疊口，隔着史努比擋布不住叩門，陳太也放下藤椅，一邊為只穿內褲的我撥扇，一邊拍門求情。不知是陳太胡謅，抑或是祖母真的在某次開會閒話家常，說起媽在臨盆前常說呼吸困難，經超聲波查證胎兒身高比一般長，故此竹園南邨趣園樓三樓一眾與會者，一致裁定我將來必定是「頂心杉」。倉促間陳太便以部落長老口吻，把預言娓娓道來：「頂心杉呀嘛，咪慢慢教囉。」

再後來，這棵命定的通天杉樹給移植室內，蹲踞大門信格後面，每天盯着不同手臂曳過。直到現在，我都不明白為何為民除害的懲罰，比前一年躲進樓梯塗鴉「彭O德食屎」的刑期更長，可能媽也不滿那禿頭英文老師常常逼我罰抄「I am sorry」，請他收拾一下十三樓傻婆的產物，也無不可。大半個秋天我都在家裏，麻雀有時闖進廚房張揚，我會擊出「龜波氣功」把牠們嚇走，而我每星期唯一的「戶外活動」，就是在短周的星期六靜候郵差，然後擋住信件甚至彈出屋外。

我不確定是否不負眾望，長成抗衡天空的大樹，但我想「聽話」在我身上也是拜年外套，衣不稱身。某次隨媽借粗鹽，那家人剛好在打女兒，她們家規是儘管被打也得站於階磚一格，逃出圈外就要捱更多雞毛掃。兩個與我同齡的女孩，應聲跳起原始舞步來，這種慘無人道的規條及階級觀念，讓我暗暗感謝祖母選的是紙皮石，雖然我在上面摔斷鎖骨，也是把二百呎方圓想像成宇宙戰爭的失重空間，曾經在上面守衛過銀河系的自由。

我記得爸在祖母墳前的神情，以及翌年抽中居屋的雀躍。我們一家搬過好幾次，再沒有一處是長連式。那些一梯幾伙的蜘蛛型結構，升降機門打開便一頭栽進單位，繼續填滿一條石屎爪牙，區隔所有與人交往的羅網。聽媽説黎伯伯捱不過沙士，但記憶早給篩子罩住，連他孫子的臉容也鑲嵌了馬賽克。我只記得他從前説的鬼打牆故事，害我半夜爬上媽的床，緊牽着她，一邊仰望小窗外人影晃動，一邊憶起午後有人隔着信格，跟我四目交投。我沒有想過那是多年後獨居的一場夢，夢裏我徘徊在長長的走廊，找不到出口，坐着的鄰人都是自己的土地公，不發一語，或左或右都是後背、無盡的光。好不容易跑回舊單位前，門縫滲出溫室獨有的和煦，我蹲下去，信格立時露出一雙狡猾的眼眸，伸出小手往空氣彈指，防止我突然縮小把自己投進去。

＊本文榮獲第十三屆香港文學節「童年」徵文比賽季軍。

Gameboy

將遊戲帶翻過來，呵一口氣，用力點（但盡量避免飛沫給彈進去），重新插進卡帶槽內（深呼吸），開機，一聲悠閒的提示音（佐以不走樣的「任天堂」商標），切進遊戲介面（內裏按鍵提示忽明忽暗），這就證明你成功了。我是後來才知道，這樣的維修小竅門，與「吹雞隻尾部」一樣，可有可無，而且有礙觀瞻。

還可以說甚麼呢？Gameboy 登陸香港那年，我才幾歲。比腳掌還要厚實的大牛龜 Gameboy，是父母帶我到玩具店買回來的，那時他們並不知道，這灰色盒子為何如斯受歡迎，付錢前還不住要我肯定：真係依部遊戲機？檢查清楚未呀？返去玩唔到咁點？

店員差點要以性命擔保，那水泥磚頭真的是Gameboy沒錯，他還順勢推介一款專屬放大鏡，放在上面，黑色和白色都高清得很，「保護番阿仔對眼呀嘛」。信任和金錢，是成年人的話題，我花上所有利是錢，在滿有指模的玻璃櫃前指了又指，橫掃了三款遊戲：同學都在玩的《寵物小精靈》、任天堂最受歡迎的《瑪利奧》，以及瑪利奧式冒險搭上進化動物的《蠟筆小新》。後兩款我很快便闖關畢業，不過是跑跑跳跳，放下遊戲機，我同樣在公園裏建構自己的冒險。只是《寵物小精靈》，之於一個小學生，它的世界觀顯然過分宏大，尤其看似漫無目的地游走，卻又不停被陌生人的感嘆號，摧毀原來的生活節奏。

我玩的版本是金鳥版，牠好像有一個正統的學名，奈何小學生的溝通只停留在最顯淺的形容，就叫金鳥吧，好嗎？金鳥我遇過一次，在某廟宇的頂端，我為牠耗上十數個大師級精靈球，來回儲存又讀取，終於抓到了牠。奇怪的是，在廟宇對戰時牠可是Lv99的神獸，落到我手，卻只剩下三分一的戰力，相比隨手在池塘釣來的獨角金魚，更要無能和懦弱。

於是我決定找超夢夢——一隻相傳要到太空捕獲的聖獸。

揮霍和胡謅，是小孩子妄想成大人的憑證，當然還承襲了放棄。更綿延的徒勞，也要在不知不覺間結束：當地圖上再沒有未知地區、圖鑑失去所有精靈影子、長久沒有出現感嘆號，就連大木博士都不再來電，原來這個無盡的遊戲，最後都會消隱在苦悶的命運，無疾而終。就連大牛龜，都在失卻興趣以後的某天不知所終，而我沒有深究，它大概到了哪裏，繼續冒險。

可是日子依然。我仍不斷地徘徊着，有些人給予驚嘆，有些慢慢錯開。地圖發霉，圖鑑早就失效。更多的貨不對辦，我已習慣不抱怨，默默遷往下一座孤島。還會相信宇宙堡壘內，住着千千萬萬隻超夢夢，靜靜地生活，儘管放大鏡已然告訴我，未來，是多麼的顯然易見。

漫畫

中學書桌內藏可揭式抽屜，課堂前打開，取出課本文具，整堂課便要完全闔上，這樣一開一闔，就掀走了大部分忙裏偷閒的時光。那年仍未流行手機，發一個短訊，還得九方鍵入，點橫撇豎，有時一個鍵還要重複按三四遍，字數上限七十，然後等待發送、再等待接收，比因式分解更要繁複。與其交流，同學都寧可獨自藏在老師的盲點裏，自娛自樂。我的鄰座就曾攜帶電鑽回校，強行在書桌鑿一個小孔，紙包飲品的飲管像探潛的呼吸管，同學閒時就親吻桌面，我想絕不會是口渴難耐，好玩而已。

當然有較文靜的違法玩意。學校附近的街市有一間漫畫店，只佔半個鋪位，內裏全是書架，無數書脊列着不同名號，配以林林總總的小圖片，恰如先人的骨龕，整齊、莊嚴。學生也像是來祭祖，自有靜謐的秩序，態度極為敬虔。早上七時半，店主會虛掩鐵閘，偷偷辦公，學生在短短半小時魚貫進出，快速完成還書及借書手續，擲下五圓十塊，求個心安理得。哪怕遲到在即，亦要刻意繞到街市，隨手抓起最近的兩本漫畫，為的是讓可見的將來比較好過。

然而，課堂的造化便要依靠自己。畢竟我們的抽屜設計是光明正大，要在緊湊的劇情和老師語句中取得平衡，必須有順暢的遷移能力。我不能忘記，當數學老師徐徐步近，鄰座女生情急之下，將《飛輪少年》第十七卷塞進校裙內，瞞天過海。就這樣，整套漫畫我就只讀到當時手上的第十六卷，劇情永久暫停在大激戰前的預備架式。

後來漫畫變化越來越複雜，《死亡筆記》比《金田一》、《柯南》更講求思考集中，《海賊王》、《火影忍者》需要耗上色盲測試的辨識力，還有《死神》，翻頁較秒針跳動頻繁，我們只能退守在早讀時間，把漫畫塞進百科全書，濃縮在那廿五分鐘將文字唸完，才在課堂中間歇地拼湊過眼雲煙的圖畫。

再後來，就到了預科，那個像沒有勝負的井字過三關的班房，有一個沒一個的座位，哪怕通過不了色盲測試，也能清楚看到，學生的髮旋是專心抑或分神。我以為有些事情不會被淘汰，如那個可揭式書桌、按三遍才鍵入一個筆畫的輸入法、街市裏半掩的漫畫店，以及一部一部看似不會完結的漫畫。我們一直停留在蓄氣階段，等不了動地驚天的大混戰，反倒是接二連三的意外把劇情斷開，同伴逐一離場，我們便演不下去，不了了之。

上星期我講解完〈魚我所欲也〉，上載了《火鳳燎原》的連結，着學生回去讀三、四話，回來探討生死和義理的抉擇。我沒想過，呂布拋棄尊嚴，於白門樓委曲求全的說辭下，只得一名學生略讀一遍。我嘗試引導他套用文中的論證，好讓他吸引同儕回家細讀，但對方不解來意，竟問了一道，比魚與熊掌更難取捨的問題：阿Sir，其實漫畫由左邊睇起定右邊睇起㗎？

井底之蛙

——記麗瑤邨

下車的巴士站像《龍貓》裏的那個，至少那年我是這樣幻想，好讓重複的日子不讓人擅長打盹。穿過小樹林、佈滿枯葉的小徑，還有一道處於青春期的矮橋，這才來到華員邨，車站指涉的地方。每次我只是路過，從沒有停留，一次也沒有，我的外公外婆，住在小山下更遠的麗瑤邨，我都只會一直向下跑，不歇息地跑。

麗瑤邨地理奇怪，高不成，低不就，巴士自九龍倚着龍翔道，一直騰躍，到埗還要靠自己下坡，方望到積木似的公屋，一幢幢的，建在馬路的分岔口。再往下走是祖堯邨，接着荔景地鐵站，之後是瑪嘉烈醫院、葵涌醫院。這些名稱我都在小巴上讀過，像銀行職員，你只在等待時默唸櫃枱前的小鐵牌，不想去了解他們硬朗背後的故事，時間過去便忘記，毫不保留。但麗瑤邨不同，儘管位置尷尬，卻是我先輩住的地方。二十年以來，我都以為它呼應荔景，喚作「荔瑤邨」，我是後來才知道，它的「麗」字是比擬着四方外表，那是七十年代最流行的井字型結構。

逢星期六，我媽就會帶我到外公家晚飯。我記得那裏很悶，老瓦磚沒半點氣息，不用脫鞋，馬桶水箱懸着一條粗繩左右搖晃，露台晾衣棍鈎着鳥籠，有鳥在白布下喃喃，還有收音機，人走過去便沙沙作響，外公皺一下眼袋，眼睛更沒有神。記憶中麗瑤很老，老得要把它塞進手冊籍貫一欄，告訴朋友：那是一個遙遠的故鄉，滲透着濃厚的鐵打酒味，在老人乾癟的小腿上風化。

我只在中秋害怕麗瑤的風。井字型通爽的好處，這個時節顯然會使人生厭，家家戶戶的小孩都會因蠟燭熄滅而生氣，驚嘆的回聲和燈火一樣敏銳，易碎。大人會用幼繩串連幾個紙燈籠，一直拖到井的對角，剪影明滅，內裏有人劈樹，又或是飄浮，水族館裏的發光水母。某年細舅父蹲下來，為我和表兄弟點蠟燭，蠟燭好不容易地插在碌柚皮，一個沉重的燈籠，裏起來完全不見亮光，能見度較低的夜晚，月光根本撐不起甚麼。我們在石壆上陳列微光，我們繞着走廊奔跑，一塊蠟餅終於填滿月餅罐，很有成就感。

身後的舅父是怎樣看着我們呢？鐵閘拉開，家門的木板前置一張小凳，靜靜地坐着，不抽煙。他肯定不抽煙，這才令他的肺癌更加諷刺。某個刺眼的黃昏，我媽揪着我下車，急步俯衝，整段路我媽都沒有作聲，即使走進外公家裏，也沒有人說甚麼，和老瓦磚一般暗啞。我掏出一疊家課，假裝勞碌，舅父專注地看電視，節目、廣告、節目、廣告、新聞、廣告、節目……外婆走到外面，媽在收拾早已不是她家的東西，外公躲進廚房，霧氣蒸騰，可能是抽煙，為數年後的報告留下一個理所當然的註腳。

我已忘記了是外公還是細舅父的葬禮以後，我們回到麗瑤邨，吃過一頓飯。那不是中秋，我記得，沒有人淺淺地笑，外面沒有困着故事的燈籠，而桌上留下一碗無人吃的白飯。我肯定是雨季，一隻黑蝴蝶蹲在飯碗前，爬來爬去，家人低頭吃飯，外婆叫我們不要多事，別趕走牠。後來我都在想，如果牠不是先人，又有甚麼讓牠飛到這偏僻的屋邨來？不記得牠是如何消失，我只記得，外婆說頭七晚上要丟剪刀在地，先人的靈魂才會應聲離開。為甚麼要讓先人有家歸不得？我不知道，誠如她也不知道，二舅父在她頭七那夜，老早就嚇得把剪刀丟下，擲地有聲。時辰未到，外婆已不得步回家門。

她會記得門牌號碼嗎？外婆的喪禮沒有人哭，因為我們早就接受了，她早逝的靈魂。腦退化是怎樣的概念？連患者都不懂得形容。多年以後，我搬到外婆臨終前的老人院對面，好些老人在平台上走，繞着圈徘徊。我曾經聽人說過，晚年的悶是虛無的，恨不得粉碎玻璃杯然後掃走，之於我仍像腦退化般陌生。外婆最後一次踏足麗瑤邨，是已住在老人院後兩年，她突然心血來潮，跳上的士，只說「我要返麗瑤」，順着記憶回到家門前，二舅父在裏面嚇個半死。她留下來吃了頓晚飯，便被送回我的新居對面。如果傳說是真的，七天後她又來到井字的角落，聽到屋內鏗鏘的聲音，默默折返那些沒有記憶的日子。

亂棍打死牛魔王

亂棍打死牛魔王。媽每次把豆角炒牛肉從廚房端出來，偏愛這麼稱呼，有時她刻意模仿叮噹掏出法寶時的震撼，我也刻意展現期待，樂此不疲。跟我們家另一個同樣出自《西遊記》的典故相比，這道菜明顯善良、生動、溫暖得多——我是怎樣都不想記得，六歲那年哭着在獅子山下徘徊，就是為了媽在一次爭執時坦白我並非親生，而是當年中秋從石頭爆出來，他們夫妻倆剛好賞月經過，就這樣撈回去養了一隻甩繩馬騮。

時值一九九六年，張衛健仍在電視框內賣力撐出八卦爐，無數次破折號式收結的主題曲後，孫悟空終於要跟義兄牛魔王決鬥。特技浮誇又毫無美感，所謂後製只是不住複製金剛棒，這邊放一根，那邊擺一條，假裝十年後才出現的多重影分身。美猴王一指，一圈又一圈簡報罐頭特效劈進健壯的劉家輝身上：啊！啊！我夾起豆角，嘗試用腕力使它繞個半圈，才拋入口裏，讓原來的爽脆更具戰鬥質感。以吸引小孩的菜式而言，亂棍打死牛魔王可以說是相當出色，一根一根筆直的豆角，散落片片牛肉之上，溫熱如火焰山上層層薄霧，與其他時令蔬菜比較，口感和賣相都是每位悟空自我幻想的必要道具。尤其一邊吃着晚飯，一邊看着張衛健把金剛棒放大縮小，收進耳蝸、藏到舌底，那瀟灑的動作，以及隨時變走的戲法，絕不能依仗任何玩具，反是豆角，能讓我適時變回一小時的齊天大聖。

背負荒誕身世的我，往後數月半信半疑，總在廣告時間偷偷觀察家人舉動，他們吃飯，他們夾菜，他們瞄向電視，糟糕了眼睛對上——快啲食啦發誓咁樣——如果我是胎生的，至少帶一絲遺傳痕跡吧？自小我就頗為瘦弱，卻又比一般小孩高，體形就似香口膠黏在鞋底，一直被拉長，越拉越薄，懷疑終有一天會啪的一聲斷掉，彈到不知哪裏去。健康院說要待青春期才可能改變，但是啊，聰聰啊你在一百人中排九十啊，很叻仔啊，姑娘造作的娃娃音至今還不時藏在腦內，像緊箍咒，想起我就一定蹙眉。當然，軀體不像電視英雄般壯健，依然是六歲甚或現在三十歲的我的最大苦惱。那時膠劍插在短 tee 後，後背根本沒有肌肉撐住，劍沿衣領往下墜，不管文戲武戲都狼狽不堪，最後乾脆把劍尖收入運動褲的橡筋，才勉強有御貓展昭的模樣。可是遇到敵人就不能奔跑了，每每拔劍還有一定機率刮傷屁股，如斯落泊，我想連十多年後強行使出「萬劍歸宗」的何家勁也扮演不來。

所以我瘋狂吞嚥牛肉，一塊接一塊，為的是媽重複地說着「吃牛肉才長肉」。媽這句話是源自於她的父親我的外公，他不僅是廚師，還是國共內戰時一名扭轉局勢的要員——伙頭兵。漫天烽火，槍林彈雨，外公夾在金屬、汗臭、血腥之間，主理數千人膳食，看得見的子彈軌跡，重重擲向缺了一角的頭盔上面，很痛，但還得拿起鐵鑊，計算足夠的營養份量，明天才有一線生機。我常常盯着外公出神，那齣我只可參演下半部的紀錄片，矮凳上的他套着背心，曳着人字拖，忽高忽低，偶爾火雲邪神（周星馳《功夫》版）瞄向我，着我多吃點：「吃牛肉才長肉。」老兵這時連着呼吸機，所有說話都失卻鼻音，和他削去部分聲帶的大聲婆相同，時間使他們褪去獨有超能力。一絲絲遺傳痕跡，最終我在某夜氣管收窄入院，以及教師意見表被學生不約而同地建議我注意聲浪，一件一件拼湊回來，影子填補影子，半節人生才悉數找回，中秋圓月一樣。

已經十多年沒有吃過亂棍打死牛魔王，爸結束了製衣廠，自內地回來。他一直遵守嫲嫲遺願，少吃紅肉，就是為了她在地府生活安好。後來連外公也走了，外婆沒有了依靠就沒有了記憶，給送到老人院裏，逢星期日跟着我們走到馬路對岸的酒樓，接着是拐杖，然後四腳支架、輪椅，最後是床。我和媽某個深夜縮進一輛的士，媽說其實外婆十數年前已經走了，現在輪到肉身。好像安慰我，又似是讓我們對於稍後聽到的聲頻更為順耳。我們圍着，之後散去，有人遲到，有人追問，更多的像電視劇一般，在很長很長的走廊站住乾等，光管當然要接觸不良，跳動有聲，我們無言以對。舅母鄭重地走過來，要我喪禮前不要吃牛馬——啲牛頭馬面見你食佢同類，會對你阿婆唔好！我笑着說香港地無法找到馬肉吃，但會注意牛肉的，放心。我不知道外婆有沒有因我誤吃 IKEA 肉丸受苦，不知者不罪，除了那次吞了馬肉，我確實也有小心翼翼地點餐。或許我們都成長夠了，媽開始用豆角配合肉片炒，這次沒有冠名亂棍打死豬八戒，煮好，放上枱，吃，禮成。

獨居以後我沒有如願自己張羅飯菜，一個放大了的私人空間，只令我更難站直腰板。正餐等同手機上的圖片，豬牛羊雞，中日意韓，二十分鐘內從南亞朋友手中奪過，彼此爭着說最後一句道謝。一場只有電視藍光的一人晚餐，娛樂新聞正播放劉家輝中風後的生日會，他拍着手，艱難地維持笑容。現在別人說起牛魔王，大抵會想起郭富城，哪管談起孫悟空也是郭富城應聲跳出。整個《西遊記》被濃縮起來，劇情消失得無聲無息，懂得一口氣唸完張衛健口頭禪的大小馬騮，早就被一圈圈亂棍打得遍體鱗傷。我已算得上健壯了，肩膀足以承受三個班級的重量，可是遇過了很多沒有獸角的牛鬼蛇神，有些事情依然難以嚥下，卻沒有人高傲地盯着我，手腳並用地教我喝一句：Yo！洗乜驚呀？

暑期作業

要在家長日禮貌地打發家長，我會用上暑期家課表。那一張討厭的清單，羅列全校級別的學生，在短短個多月的苦難。家長只要瞥見密密麻麻的文字，便會想到假期安排，每天要完成多少頁，多讀幾本課外書，英文的，查字典，在陌生生字上面填上解釋，最好抄在筆記本，開學前拿出來複習一遍。對了，據説明年課程極深，不加緊用功，肯定會被擠下去。我是這樣聽着千篇一律的對白，跟他們一一道別，開始自己的暑假。

暑假，這是獨居的第一個暑假，我刻意讓自己生活規律，早睡早起。每天清潔家中一小塊，漂白水、清潔劑、吸塵紙……消毒氣味潛進皮膚，開始會蹙眉或敏感，我便完成了第一份家課。然後是關乎興趣，讀十來頁散文，看幾首詩，有時寫下一些句子，有空便拼湊起來，更多的是寫完便刪去。每天首句說話，必定包含食物，茶餐廳的人開始認得我，那杯茶會放在我喜愛的角落，是日快餐有蒸魚我會立即點菜，一星期卻總有兩三天是要我費神衡量。有時我討厭自己，鮮明的天秤座。但我對娛樂沒有太大要求，時間恰好會轉看《瑪嘉烈與大衛》，錯過了亦不覺可惜，反正我不算追看，情節也不是遞進，如這段日子。

晚上回父母家吃飯，那會是我一天說最多話的一小時，約莫二十句，大多關於肥皂劇及新聞。媽叫我多走動，不要整天躲在家裏。我笑着問哪有父母叫孩子不讀書，到外面流連。大概她也錯愕，只簡單地應：暑假嘛……

確實是當上老師，我才變得安靜，安靜得常被女友投訴貨不對辦。從中一開始，我沒有認真完成過一本暑期作業，一本也沒有。那時我還是個狡猾的生意人，暑假前收取同學二十元，到書局買一本附答案的作業，影印，寄到同學家。不但輕鬆解決家課問題，更賺取暑假使費：大美督踩單車，城門谷游水，又或是四海保齡球，都不成問題。

那是我人生中第一次反抗社會。

暑假就這樣離開了我，暑期作業也不知在中四抑或中五，黯然離席。我現在當上了老師，不是循規蹈矩的問題，而是我就是一個老師，暑假不屬於老師。暑期作業的發明，任誰都知道毫無意義，只是一群孤獨的人，用以挾持學生青春的利器。學生給陽光曬過，壞菌枯死了，就不會去猜想動機。但看着摺起的書頁，學生是知道的，知道成年人在浪擲他們的時光，像我，那年踮腳從書架抽起答案，沒有一絲歉疚，仁義禮智的複雜學問，早就像九號保齡球一樣，被年輕的蠻力甩了出去，偶爾全中。

數秒以前

穿著整齊，光是呼吸和踱步，也感覺是困在別人肢體內的靈魂。每年也不乏穿西裝的機會，大多都跟家長有關：家教會、崇拜、畢業禮、一年兩次家長日，我都不敢鬆懈。帶着青春症的後患，就是總怕被質疑沒有經驗，穿得正式又似服務業，不正式呢？讓人失去信心。所以我一身沉色西裝，佐以一臉陰沉，像我的體內會有甚麼隨時撲過來。

我是理所當然地比任何家長年輕，他們也理所當然地，認定年紀接近子女便聽從我的說話，我就是他們的先知，假借教會名義頒佈他們獨有的教義，那些法規與我無關，像兒時玩意，一字不漏地說好就可以躲在電視框後面，往後情節發展都跟我的現實無關。

褪去衣裝，我無從肯定自己的權威。父母好像沒有向班主任要求甚麼，一次也沒有。我媽甚至誓神劈願地在電話裏跟老師打賭，我會如願升讀預科，然後是大學。直到現在我也不知道她的決心從何而來，但相較那些所謂虎媽，我媽肯定更具攻擊性。

是的，線上家長日只得一人的這邊，我拘謹得像銀行員工，跟網絡和要求妥協。但鏡頭的另一邊，孩子身旁是他們未來十分鐘的仇敵，在家長提出嚴苛要求或投訴前的幾秒，孩子都會殷勤地登入連結，設定鏡頭，有些更會倒數，提醒父母適時發言。這些片段只我一人看見，就我一人而已。

刻度的力度

接連網課，以及突如其來的暑假，身邊朋友便從好奇的目光，轉為質疑或是敵視。所有日程如果不記下來就不會存在，所有痛苦不宣之於口，亦不需重視。我無從申辯。老師在不少人眼中，就是由學校畢業，緊接着投身學校再等待畢業的人，世界怎樣瓦解，我們仍好端端地活着，安然。他們是這樣想。

學與教本來就是無形的，像鐘錶般荒謬，把虛無的概念鑲嵌在實體工具裏，掛在牆上，別在手腕，提醒自己和別人，刻度如何艱辛地攀爬着。校舍被落下透明的帳，外面人影流動，他們汗流浹背，偶爾把臉貼近茶色玻璃偷看，便肆意斷定內裏的人都輕鬆自在，那絕不應該，卻不去理解這「愉快學習」是重複播放，時間軸顯示為無盡。

到底從何時開始，日程表失卻了記錄功能，繼而進化成衡量的標準？對師生而言，那些以 Excel 填入的數字、名稱，每一次剪貼都有回聲。我是不止一次聽到家長希望我們多補課、多家課，尤其在九節恆常課堂和課外活動以後，學生更需要一列獄卒監管，避免走失。

秒針因而頓成了兇器。少年仰頭數算它走動節奏，挾着希望，我們這些成年人卻知道，他們可堪回憶的青春，也逐點逐點被割掉，剩下一片荒地，他們也不懂跳舞。像留守相同空間，已然成長卻沉默的我們。

放榜

好像再沒甚麼比考試簡單，考核範圍、試題分析、出題走向，所有方向都很實在。除了壓力，無形，卻重重地提醒你一些日期，一些只剩下名稱的日期，例如放榜。放榜前夕我沒有跟隨同學「唱通宵K」，不論會考還是高考，我都刻意讓自己如常生活，十一時便爬上床睡覺。

輾轉是必然的。我將秒針的躁動丟到房門外，之後聽到水管、鋼筋，和一些鄰居的細語和步伐。這些聲音都組成一個市場，人來人往，我媽提着購物袋，在魚檔前碰見隔壁的太太，她問了我的成績，又或是出路，那可算是閒話家常，「廿蚊份、廿蚊份，賣埋就無啦。」一個太太講價，喂十五蚊啦，魚販手起刀落，刮掉魚鱗，唰唰唰唰，下半身就這樣給裁走。

乾淨利落。如果我不用在接成績單前，瞥見老師的臉。從座位走到教師桌，舉起雙手，我應該是一路低頭疾走，抑或試圖解讀老師的眼神。這名班主任曾致電我媽，說以她多年經驗，我會考就只會得十分，請我媽不要過分期待。如果老師帶點訝異，我好應該理直氣壯，假裝不明白分數總和，叫她讀一次給我聽。但可能的是，她自信滿滿地發下薄單，單手，不發一言，從豔紅的指甲油中反射出喜宴的神色，而我這邊是喪禮。

所以我選擇穿白色。還會羞低着頭，取走成績單便跑，回到座位，以間尺一行一行往下推，像賭博。我的聽覺會短暫喪失，聽不見旁人的驕傲或哀號，甚至感受不到別人打在我肩上的力度，只知道很重，卻分不清是安慰抑或興奮。手機會響吧？不理會了，我知道我媽憂心，但我尚未調節好聲線，太興奮或會誤以為我強顏歡笑，太沉重，又會以為我連強顏歡笑都演不了，我要把握自己真實的情緒，即使是不痛不癢的分數。

晚上又會吃甚麼呢？畢業典禮過後，我們到了茶樓，點心下得有點多，我一直被家人提醒要起筷。身邊走過一個同班同學，我在猶豫要不要和他打招呼，他已將眼神放到我的臉上，卻失焦了。我的眉毛動了兩下，他是看到了，我肯定，但他就這樣木無表情地流走，自我的椅背經過，我那架在椅背的手肘經過。再一次碰見他，是在我終於睡着的夢裏，他拿着成績單返回座位，一步接着一步，老師喚起我的名字，我低頭前看見他迎面而來，依舊是模糊的臉，盯着我處心積慮的白色短 tee，胸前有魚的圖案，像昨夜或今夜我躺在床上的姿勢。

火警演習

我沒想過阿旗言出必行。在出「剪刀」前，我暗忖若不幸「猜輸」，大不了剪破誠信，裝聾作啞，絕不會真的用力按下火警鐘，那太愚蠢了！但在我高呼勝利一瞬，出「包」的阿旗收起手指，一式一陽指應聲使出，狠狠地確定自己的膽量。玻璃碎開，全校鐘聲大作，我們還來不及摺起剪刀，便趕忙將一半的勝利手勢塞進耳內。音樂老師踱至隊尾，盯着我們幾個矮矮胖胖的中一新生，變色龍般的眼睛，變色龍般地變臉，厲聲道：「搞乜呀你哋幾個？」就這樣，全校師生來了一場沒有預警的火警演習，好些老師和校工衝到操場，連忙搜索肇事地點，指來指去，卻沒有一處比我們的臉通紅。

訓導處外站了一整天，主任才走出來宣讀判決：我們一個缺點，阿旗大過一枚。手冊逐一呈上，三名老師分工合作，在通訊欄清晰地刻着：玩弄火警鐘。而往後兩次火警演習，中央廣播都再三確定：「今次真係唔係玩。」對，這是假的火警，真的演習。

中二調了班，卻又一次假的火警演習，抵不住氣的阿旗又添了一個大過。那時操場下着滂沱大雨，我在隊末看着一樓的校長，他睥睨眾生，拿着咪高峰厲色道：「再係咁嘈我唔會放番你哋上去。」據聞那天放學電話鈴聲比火警鐘延綿，校長解釋了一遍又一遍，如果老師也有操行分，我想他早就被一眾怪獸家長記上無數大過，即時離校。另一邊廂，阿旗將始末說了一次又一次，最後訓導老師必須立即請阿旗媽媽過來，對着話筒義正詞嚴：「今次真係唔係玩。」好讓對方相信蠢事竟然又再發生。

後來每每火警鐘響，我們都會大呼一聲「阿旗」，無論和他同班與否。

「阿旗」開始成為不合邏輯的代名詞：重複犯錯？不合邏輯。災難預演？不合邏輯。屢戰屢敗？不合邏輯。明知故犯？不合邏輯。這個說法不止在學生群裏傳開，就連英文老師在口試講評時都不慎說漏了嘴：Don't be Ah Ki. 我是回家才想到，或許她心裏說的是fool。

可惜沒有「save 掣」，我在往後的挫敗裏經常這樣想：如果可以在某個關卡存檔，稍一犯錯便讀取進度，從頭來過，阿旗的手冊也可能雪白一片，我們不會長成現在這模樣。畢業以後，演習不再必然，每一天每一個舉動，都屬即興表演，因此我們會後悔、會氣餒、會拿着地圖迷路。儘管阿旗遠走異國，和中學同學敍舊，我們仍會將「火警演習」的趣事重溫一遍，然後捧腹大笑，失卻了當刻的身高和錯愕。

聚會那夜我洗完澡，攤在床上，赫然記得還未備課，立即打開電腦，找一道小組討論題目搪塞課堂。草草了事後，社交平台彈出剛才的合照，舊同學多加一個 Hashtag：「#點解細個咁曳嘅？」席間他都有說過這句話，但那年的滋事分子如我，誰都分辨不了這句是疑問抑或反問。多少年了？那些沒有演習的過去，沒有衍生的枝節，原來已在一場名為「時間」的火警裏活活燒死，我們沒有逃出來，沒有可載入的進度，但依然大笑着，多愚昧，多快樂。

葵廣

一些百無聊賴的日子，葵涌廣場是放學後永遠在場的選項。保齡球十二元才一局、遊戲機中心需要撕掉校章、籃球足球必須浪擲時間「跟隊」，有時待到天黑方能入替，幾次肢體碰撞就得回家吃飯，還要承擔皮鞋變「鱷魚」的風險，窮兇極惡地吞食沿途沙石，卻又敵不過媽的責難甚至打罵，好幾次我更要到川龍街買一對黑色工業鞋，哪怕籃板數據因而減少，但那份重量仍然使我心安。

即使江湖傳聞鄰班女生鬼打牆般逛街至鞋底鬆脫，葵廣依然是相對安全及便宜的遊樂設施。桃花島的格局困住無數個周伯通，不是這邊生活的人，闖進去便頓失方向，店舖千篇一律，行者千人一面，稍一不慎給某間精品店迷住，走出來即時不辨別前後兼調亂左右，勉強看到了自然光，又發現那不是進來時的出入口。我是不止一次接到求救電話，話筒另一端尷尬且苦笑的模樣，穿過大氣電波感染過來，我也無能為力。哪裏都鈎着衣架頭箍髮夾，哪層都飄散熟食迷霧、堆積排隊人龍，不是你繪影繪聲地形容，我就馬上能為你準確定位然後提供逃生路線——那些年明珠台不住重播《廿二世紀殺人網絡》，自母體世界迷路只要聯絡外界，電話響起，遵照指示尋找附近傳送點，鏡頭一轉彈回戰艦，鬆口氣，皆大歡喜，還怕甚麼世界末日？抱歉，我是不稱職的救世主。除了某一次，我在背景中聽到「埋嚟埋嚟有嘢食」，立刻感應到對方站於二樓零食店，輕鬆過關，翌日更收到芒果乾作破關報酬。

之於新界西地頭蟲、熟悉地形如黃藥師，瀟灑得穿插變幻莫測的桃花林，抄小路，上電梯，予取予攜，葵廣就是一個解放想像的新世界。炸雪糕、鹽水雞、美式古著、二手鬼機、布幕遮掩的男士聖地，全都為入世未深的我帶來無限文化衝擊。有一次和同學結伴闖蕩江湖，一男生看中某款Laosmiddle時尚大背囊，上學出街兩用，左右互搏，天下莫敵。女生此時跳了出來，自稱講價能手，打算自芸芸男生之中表現賢良淑德，接着高姿態嘲弄男生呆頭呆腦，歷年來都被當成「水魚」還自詡成熟穩重，真可笑。她們帶我們先殺到三樓其中一間商店，以「學生哥嚟啫，無錢㗎。平少少啦。」作為必殺技，動之以情、說之以理，我們圍在後面不發一言，演活無聲無息的群眾壓力，有點像武林大會某幫某派的雜魚弟子，偶爾搔癢，但也算是專心看向前方，蓄勢待發。店員掏出兵器，計算機上亂按一通，合指一算，最後得出一個數字。只見掌門仍不滿意，領頭退出舖面，跟我們說這還不算最便宜，店員走出來留我們或會減更多，不留嗎就繼續笑傲江湖，此處不留人，總有一店更相宜。

平行時空下我們付了錢，離開，同學抱着心頭好，隔天背着上學，人人羨慕，同學也讚嘆女生講價手腕，女生因而變得受歡迎，角色設定又多了一層，一集處境喜劇圓滿落幕，片尾曲，播放下集預告：考試或體育課九分鐘跑，敬請收看。可惜事與願違，葵廣的世界並不簡單，現實是我們走進去幾間掛着同樣款式的店鋪，我們同樣站着，掌門道出同樣說辭，內裏的店員竟也同樣掏出計算機，按出一模一樣的數字。我們離開，同樣不挽留。這個無限循環的劇情，令女生有點錯愕，那時商業科尚未教授壟斷經營或黑箱作業，我只想到《寵物小精靈》中各小鎮的警署診所，警察和護士都來自十數胞胎大家庭，不用心靈感應，她們的動作說話全是複製貼上：學生哥是嗎？那算平一點，這個價錢怎樣？我已不記得我們在哪一家付款，這並不重要，反正從沒有人會於葵廣感覺到時間，也不敢明言整段過程中經歷了甚麼。成人的世界，看來果真是爾虞我詐。所謂的賢良淑德，原來還包含宮廷劇的勾心鬥角，存活了才能當上賢妻良母。

但我們絕不是被動，年輕的我們比誰都不畏懼時間，比誰都強求尊重。葵廣三樓一間眼鏡店，大概是開在夜市般的小食樓層，縱然人來人往，客人也是手執雪糕班戟、重慶麵線，冷熱交纏，鏡片給模糊了，根本沒有閒情逸致挑選新眼鏡。生意慘淡下，他們奇招百出，瞥見目標便訛稱對方鏡片髒了，一式擒拿手奪去眼鏡，說是替對方免費清洗，哪管受害者不住語帶雙關地強調「唔洗唔洗」，失卻視線，亦只好乖乖跟着店員沒入黑店，坐下來忍受十分鐘硬性推銷。幾個戴眼鏡的同學相繼遭殃，即使照例使出「學生哥嚟啫，無錢㗎」。逃遁而去，可是店家每天搶走過百副眼鏡，翌日路過又再被擒，免費清潔固然是好，但接連給看成肉參，只會令人質疑長相，越想越氣憤。於是有人走到「十蚊店」買一副特惠老花眼鏡，我們幾個包剪揼一決生死，敗者架着老花鏡徘徊店外，對方一搶，我們頭也不回，揚長而去。至今我還記得，店員成名絕技慘遭秒殺，執着老花鏡先是徬徨，然後大呼小叫，追趕至電梯，焦急地請英雄留步，最後目送我們逃至二樓，一時語塞，就差跪在地上佩服得五體貼地。十塊錢的付出，大快人心。後來我總在幻想，如果那間黑店沒有倒閉，苟延殘喘至今，店員會否已練就九陰白骨爪，有人經過，店員閃身躍前，兩指一挖，誰的隱形眼鏡便給拆下來，浸於藥水，半矇半朧聽着一成不變的推銷套餐。

很無聊吧？這些時間和空間的定律。那年升降機前圍個半圓，咬着竹籤，不知是誰生怕沉默空氣，竟對着同樣身穿校服的我們大談理想，頻密而空洞的嚼食聲以後，又有人回答想開一間咖啡店，就在這裏，潮流廊裏面。沒有內容物的少年們此時紛紛點頭，佯裝這是異床同夢，爭相說「我又係喎」、「乜咁啱呀？我都係喎」，共享的理想逐漸規劃出來，振振有辭，這邊放一部咖啡機，那裏擺一個小書架，還看《亂馬 1/2》不是吧？沒有《鋼鍊》至少也有《火影》吧？女客人又如何？小櫻不是女角嗎？看我一招「千年殺」。章魚小丸子散落一地，追追趕趕，誰躲進布簾內的色情影碟店，給壯漢擲出來警告。不是不想救你，至少讓我笑完一整遍。

好不容易我跳過了中學階段，三樓西瓜汁亦從三元漲至現在的五元。仍會在暑假被攫住詢問：「係咪買書？」可是再也不會感到厭煩，反而暗自竊笑，直到現在。壽司店到底是否以雙腳踏軟飯糰？就這樣我帶着懸念拉長了身軀。當然沒有人開咖啡店，那些廢話都是即棄餐具，丟到越來越大的垃圾桶內，混和、浮沉、抗斥、搖動、搬走。失卻了時間表的界線，就失卻了需要構思節目的理由，我想沒有人刻意以葵廣作為一天的活動，內裏的人皆是流動，經過就買些小食，逛完新都會就接駁過來，繞一圈，全都是淘寶衣飾，學會了成長就同時學會了生活，不再站於價碼上糾纏。你說多少就多少。

旁邊的新都會廣場，重新以「四季」主題包裝，兒時蹲在長樓梯望天打卦、衝入噴水池相互潑水，今生今世都不會重現了，我也不容我將來的小孩蹲踞其中。家品店、超級市場，還有道歉用的朱古力禮盒，初涉世界的十六歲，沒想過會終日流連這些以往路過的佈景吧？往後還會讀到一篇關乎葵芳的小說，作者把新都會、葵廣、禮芳街一路形容成「由仙界貶落凡塵的過程」。然而這邊成長的我，於禮芳街唱過K，到葵廣撈過金魚，然後身處新都會購買消毒用品抗世，回到一望，不覺自己變得像甚麼樣的活神仙。反倒被困桃花島，常常跟認識或不認識的人招手，不辨衛生咬一口炸大腸魚肉燒賣，兜兜轉轉，百無聊賴，好像更有永生的感覺。

沒有勝負的井字過三關

——讀曾詠聰散文集《千鳥足》

吳其謙

曾詠聰（下稱「聰」）是詩社成員中最早出版個人著作的，早於二〇一六年他已籌備好首本詩集，同輩的其他文友，有些沒再寫了，有些銷聲匿跡。如今我收到聰的邀請，為他將出版的散文集一輯作結，我又憶起十年前大學聯福樓裏，幾個初生之犢與作家前輩圍坐沏茶，席間前輩嘆道：「大學裏年青的寫作人才有很多，但畢業後能堅持下來的只有很少。」聰是少數留下來的人，這源於他不視寫作為可有可無的消遣、或炫耀才情的社交網絡貼文；對於聰，寫作是長跑一樣的孤獨鍛煉、是內省生命的修行。

《千鳥足》一書，見聽內省自身的成長，作品涉足他的童年、少年，憑着他剪裁的回憶片段，讀者可以重塑出九十年代一個百厭星身影：一個比同齡高的男孩手抱足球、穿過屋邨走廊跑到樓下球場「跟隊」。在家的日子，他白天看日本動漫、看金庸；入夜看無綫電視劇、看明珠930。他喜歡捉弄郵差、喜歡塗鴉樓梯；他害怕解剖外星人時的懸疑音樂、害怕樓梯轉角的道友。每年中秋，他「煲蠟」、點碌柚皮燈籠，還曾經追擊屋邨露體狂；暑假時，他影印作業答案販售，有了錢便去踩單車、打保齡、游水、唱K，流連葵廣和遊戲機中心。聽寫兒時生活，不止於還原歷史場面予以集體回憶，更多的，是為了對照他所否定的成人世界——孩時有多率性妄為，就更顯得長大後有多謹慎虛偽。

聽從小便洞悉成人世界的狡詐，他察覺到葵廣的店鋪壟斷經營；很早知道暑期作業是「挾持學生青春的利器」、「成年人在浪擲他們的時光」（見〈暑期作業〉）。由於早熟、多慮，聰漸漸練就了成人的世故，彷彿修練了一套武功心法。比如一次放榜接成績單，他因為在意別人反應，刻意調節自己的聲線，生怕：「太興奮或會誤以為我強顏歡笑，太沉重，又會以為我連強顏歡笑都演不了。」（見〈放榜〉）那個曾經在樓梯塗鴉叫英文老師「食屎」的率真男孩、那個曾經對抗葵廣眼鏡劫匪的憤怒青年，終究，也漸漸長成了軟弱的成人，生怕動輒得咎，恰如〈自序〉裏聰的自述，長大以後他慣於展示以下的演技：「嘗試不讓失望顯露，嘗試假冒不被牽連，靜靜地，飛灰中踱步。」人單純的轉變並不悲哀，這不過是生命中一次無意識的自然過渡；悲哀的是，聰深刻地意識到，轉變是種衰退，成長是走下坡。

聰否定人生，正如他否定成長，他自小就目睹生命的徒勞。〈井底之蛙——記麗瑤邨〉和〈亂棍打死牛魔王〉兩文憶述離世的親人，聽在外公外婆身上看見時間如何削去人的聲音和記憶；在細舅身上領悟生死無常，他們的身影晦暗，離開時，沒人哭、沒人笑，黑色一樣沉寂。我想起侯孝賢執導的《童年往事》，死亡與年少的主角一次一次交錯，在成長階段中他經歷了親人的逐一離世，漸漸學會了隱忍和漠然，明瞭了甚麼是不可避免。對於聽來說，死亡同樣是必經的成年禮，拉扯着他長大成人。

「沒有勝負的井字過三關」（見〈漫畫〉），聽以此隱喻命運的苦悶、人生的僵局。遊戲未開始，結果已篤定。可見的將來，無驚、無喜。時間匍匐而行，水一樣流淌，最終枯竭，只剩下記性太好的人在質疑、在氣餒。聽就是那個記性太好的人，他記得自己曾經和許多擁有 Gameboy 的孩子一樣（包括我），願望是上太空捉超夢夢；同時，他也記得自己後來在文學課上，尷尬地說出自己沒有理想。他記得喚他出大廳吃梨子的母親；記得在走廊兩側敞開鐵閘「開會」的街坊；記得從前的死黨阿旗、結拜大哥老楊；記得陪他去聯招、陪他去講價的女同學；同時，他也記得獨居以後，無數個失眠夜的折磨，鬥魚離去後屋裏遺下的荒涼。書中處處是今昔對照的張力，為聰「若無其事」的姿態註解：沒有甚麼應該不應該，無所謂快樂不快樂，反正沒有甚麼事不會被淘汰，「在座的各位都是垃圾」。正如在〈漫畫〉一文中，聰着學生回去看《火鳳燎原》但無人理睬，甚至有學生不懂漫畫該由左或右看起，面對自己一廂情願的窘迫，聰只是默然，無說辭、無批判。又好像我們每次的詩聚，評論作品時，聰幾乎不談愛憎、甚至毫無有建設性的發言，往往只在旁邊插科打諢、調侃幾句，最後以他馬嘶一樣的笑聲哈哈哈帶過，無所謂好壞，反正世界老這樣總這樣。

聽在一次訪談（《今晚See詩先》）中分享，寫散文像拍電影，可以鉅細無遺、可以隨心所欲。讀《千鳥足》，我們就在聽的運鏡下，看見他如何拍攝自己的童年、青春、與成年後的獨居生活，作為他的多年讀者，我很期待他將來的作品會在上述主題外，有更多面向。如今我下筆之時，正值聽偕侶遷居之時，未來同居的新生活，聽你不妨多寫，相信會比書中呈現的苦楚帶來更多新的苦楚，我以過來人的身份擔保，哈哈哈。

輯三

東風破

很多年以後，我才記得
那夜原來是我們最後一次見面
月光照射的公園
恰似世界只餘下一種呼吸節奏
相互訴説着沒有棱角的將來
我們無故發笑

流行曲

其一

直到現在，好些耳熟能詳的旋律，都是在弟弟的「成長重複期」積存下來：Bee Gees、Air Supply、許冠傑、譚詠麟……那些不屬於我或他的音樂，從老舊CD架取了下來，不知怎地轉成了每天重複的符碼。那時弟弟才四、五歲，偶爾會戴着父親的鴨嘴帽，肩起吉之島玩具部買回來的假電結他，將光碟扔進步步高，阻礙那DVD標示到處亂撞，為螢光幕橫列着的「Beyond 生命接觸演唱會 1991」喝采。除了家駒披着紅西裝外衣一節，所有曲目他都倒背如流，包括唱歌前的讀白。每讀到〈再見理想〉家駒盼望彈至手指不能動，又或是〈光輝歲月〉向歌迷訴說要再開演唱會，母親都會煞有介事，預早跟我們劇透：「無啦，第二年佢就跌死咗啦！」

大抵死亡之於五歲的弟弟，就是台上和台下的分別，誠如他觀賞Bee Gees演唱會時，總愛重溫三位兄長和死去的四弟「跨時代」合唱一幕。我曾經感到厭煩，尤其早上回校，同學在教科書、抽屜裏抄寫的盡是Twins、謝霆鋒、陳奕迅的歌詞，而我腦海浮現的是一列列〈早班火車〉、〈長城〉。某天我終於忍不住，向母親尋求超脫輪迴的方法，其時大廳喇叭正播着「woo ho ho我有我心底故事」。她「吱」一聲笑了，問我記不記得四、五歲時愛重複的影片和曲目。我焦急得很，極想讓她說完然後接續剛才話題。她又笑了一下——「是我和你爸的結婚影片」，我愣住了，「還有張學友〈餓狼傳說〉的錄影帶」。

其二

女友捧了一疊CD，着我用二伯留下來的光碟機播放。整個暑假，我躲在工作室的玻璃房，用那批日本流行曲，斷開樓上工廠的機械噪音。《戀愛世紀》和《悠長假期》原聲帶都是我慣常重複的音樂，有時意象和意象之間，〈La La La Love Song〉MV裏木村拓哉、竹野內豐等故作輕鬆的舞步，不期然跳進來，旋轉，好幾次我都因此損失了我鍾愛的字詞和結構。但我還是喜歡那兩隻CD，在這兩套劇集終結了接近二十年後。

時間退回初中，弟弟仍沉醉於一支印有烈火的假結他。我從同學手中接過數學書，內裏夾着兩張自家燒製的《悠長假期》，我將它們滑進書包，不被人發現。好一段日子，我以為青春的意象是籃球、行李箱、扭開啤酒的動作、長髮、竹野嘴角的菸，以及一手利落的鋼琴。打從七歲起我就沒有練過鋼琴，老師說我天生手指修長，記性又好，富有天分。聽畢我立即放棄，我不想成為蕭邦莫札特貝多芬，那時我想當福山雅治，在《同一屋簷下》照顧弟妹，和他們在MV裏散步，而那些弟妹又不會是家裏左搖右晃的偽樂手。

其三

時值三月，學校統測周。學生埋頭在寫，我倚着窗框，等待着「尚餘十五分鐘」和「最後五分鐘」的工序。噪鵑在外面鳴叫，學生皺眉，我唯有關上一扇窗，讓他們靜心。這段時間可以說是生命中最浪擲的片刻：不能批改、不可碰手機、不准閱讀，只可以單純地盯着學生書寫。我想過寫詩，但未免太造作，寫過兩、三句隨即扔掉。噪鵑又在外面叫，有學生的塗改帶跌在地上，聲音很空洞，像演唱會指示歌迷「安歌」的節拍。我替學生拾了起來，他用氣聲跟我道謝，噪鵑接着又叫起來。

回到教員室，我向鄰座生物老師查問鳥的來歷，他教我區分生物的界別和屬科，而噪鵑屬杜鵑科。是花的那種杜鵑嗎？寫法相同，但名字來源就不得而知。那必然是有原因的。我是後來翻查才知道，那源於一個民間故事，杜鵑鳥的叫聲，就是為杜鵑花盛開而悲鳴，相傳還有一個泣血的愛情故事，有點浪漫，更多的是驚慄，像剛才勉強寫的兩行詩。往後監考時節，我刻意傾聽噪鵑啼叫，牠們聲嘶力竭，節拍重複又重複，學生又適時地跌下文具，我撿起，輕輕放回枱角，「唔該」。鐘聲響起，我收去所有試卷，他們依次步出試場，沒有捧着籃球或行李箱，佇立一樓的我，盯着千百人結伴又吵鬧的場面，木村和竹野又開始跳舞了。噪鵑還在鳴唱，或許有天我會學懂解讀，赫然發現牠們唱着死亡，又可能是憧憬青春。最怕牠們不過處於「成長重複期」，沒有原因與代價地唱，純粹隨心，像另一隻我不辨學名的「咕咕固」，唱着低音的頌歌。

糖水

荃灣沙咀道有一條糖水街，本來只得一兩家有名的糖水店，後來像大富翁，整塊版圖都變成一種色調，亮麗得叫人牙痛。只是荃灣居民很固執，寧可圍在原來的糖水店乾等，也不願進出那些拾人牙慧的商鋪。每逢中秋、聖誕這些以夜歸作普世價值的時節，糖水店寫下一張又一張號碼單，不但要租用鄰家茶餐廳的鋪位，某年除夕，我和朋友更被安排到樓上進修中心，看着課室投影機播放的倒數節目，那碗遲來的楊枝甘露，端上來時，已是翌年的事。

糖水並不是時間表裏必然的日程，它沒有既定名目，不會是約會的理由，卻是潛藏在所有朋友聚會的秘密關卡。年輕時我們都不懂甚麼叫盡興，只覺得吃完正餐回家，有些話題好像永不會成熟，於是開始有人建議加時，將自己和別人的說話都好好唸完。糖水店變得受歡迎，是我高中時期。我已分不清是因為我特別關注，還是糖水的概念由合桃糊杏仁露，進化成夏日激情雜果派對，總之那年讀出那串突兀又不明所以的糖水名號，我們都不會臉紅，反正記下來的兼職店員，也和我們年紀相若，為同輩工作好像更為難堪，那是我在兼職麥當勞時的感受。

如果沒記錯，中四時一碗松記Summer才二十元正，有生果、有花奶、有芒果汁、有庸俗的雪糕，更插着一支OREO朱古力棒。現在想起來，那不過是甜品版的部隊鍋：應有盡有，就是吃不出有任何走在一起的原因。但人們凝聚的原因，又是那麼顯然易見。我已記不起吃糖水的過程中，有甚麼深刻難忘的話題，那裏不過是喧鬧非常的場景，甚或乎離開前的

ＡＡ制，都沒有絲毫散席或各散東西的離愁，談話、點餐、談話、吃完、談話、店員收拾示意、談話、離開，工序統一，每枱年輕人亦如是，糖水店就在一天裏迎接千萬個年輕圈子的生態。

那時候日子比較充裕，我會和幾個朋友歸家，從荃灣踱到葵興，沿途逐一分別。偶爾會重溫方才的笑話，偶爾會說一下人群以外的個體感受，一切都變得圓滿，好像沒有孤獨的片刻。那段路孕育了不少往後常回看的記憶：我鼓勵一名友人與心儀的女生情人節約會，他着我們先乘升降機，我和另一位朋友就倚着天橋的欄杆，看着微小的他在下面徘徊；跟朋友玩「揭尾故」，其中一位不滿出題者的牽強真相，大打出手；把沒有關係只是順路的女生送到樓下，卻感受到頭顱以上有一雙火熱的眼……一切一切，都是糖水過後，時間處於午夜的獨有片段。黑色的，牙縫仍黏着甜味，夜如一片碩大的Ｂ仔涼粉。

直到某一年，同行隊伍終站的夥伴，突然說想乘車回家，我就知道有些事情已然過期，我們必須學會了接受熱鬧後獨處的反差。慢慢下來，終點越走越接近，最近幾次聚會，更遺失了糖水這個關卡，散席以後便散席，我們也開始變得像大人般理所當然，理所當然地沒有。上月我搬到那年說乘車回家的朋友的屋苑，對方客氣地說找天到樓下吃糖水，那已是我們迄今最後一次通訊，而此刻我的手提電腦旁，一碗剛在樓下買回來的豆腐花，過多的黃糖，像一座無人小島正緩緩下塌，沉沒，散開像白天的景象。

比賽

我刻意在安靜氛圍中喝水，學生全都凝神屏氣，等待我開口，讀名，派發試卷。這是我相隔兩年後，再次教授精英班，和普通班學生不同，他們着緊成績，是真的着緊，對卷時極為專注，儘管我不住強調閱讀理解部分不用改正，他們依舊奮筆疾書，偶爾還舉手請我重複解題。我曾在他們低頭抄寫時幻想，若拉開天花那透明拉鏈，會否瞥見一對手正操縱無數魚絲，面前一致的動作原來都不是自願的，他們看着我，展露一張張求救的表情，手腕卻不停打轉……

「我打算今年唔升中六，停學一年。」

學生復課以後，這樣回答我。她說或要入院治療，讓情緒穩定。我沒說甚麼，支支吾吾，連鼓勵也談不上，草草截住了對話。小息完結的鐘聲響起，校園異常地恰如其分，校工用力掃走落葉、洗手間的門打開又掩上、一個個課室裏只許一人說話、同事走過，把一大疊文件夾擲在簿櫃。我繞了一個圈，嵌回自己的座位。這位置本不屬於我，是另一位同事的，奇怪的是自從他調位以後，便開始不和其他同事交談，半年後突然因精神不佳為由休假，復工三天，又倉卒辭去職務，臨別傳給我一張名單，着我小心。

這些都是我不明瞭的，就似學生總弄不清楚分類說明和比較說明。我是在他離開後才知道，對於學生的話他非常着緊，尤其是觸及他和科組老師的教學質素，以及職位高低。再後來，我就不懂得如何鼓勵學生，我們雖然是游牧人，卻完全不辨方向，別的羊群在跑，我們便拉着自己的羊跑，不為甚麼。

「我無諗過可以升中六。」

我記得發放會考成績那天，分數最高的同學早就躍到樓下，攔截的士，衝往莊啟程。那時我分數不足原校升讀，呆坐小賣部等待同分的女同學回家染黑髮，一同前往聯招中心面試。二人在學期間都沒甚麼交疊，不知怎地，取得一個比 dead air 更尷尬的分數。看着她額上的黑印，我笑着說自己昨天和她一樣，打定輸數，準備投考警察。然後就沒交談了。再後來她和我報上同一間中學，讀了一個學期，她竟當上警察，提早退學。

那天文學老師借題發揮，要我們先講一下理想。同學的目標都閃閃亮亮，只得我，慵懶地說沒想過，所以只能繼續讀下去，哪怕有一天突然找到，亦有足夠的學歷和能力追求。老師說這是現實，不是理想，但這樣往往可以繼續走下去。

「因為成長，係一個鬥快認清自己唔係超人嘅遊戲。」

我提早回到學校，列印一首詩，懦弱地，夾在學生的作業裏：

不要被騙了／北野武

人至少會有一個優點值得驕傲
甚麼都好，要去找到它
讀書不好，可以運動
如果都不行，你至少善解人意
抱着夢想，抱着目標，努力就會成功
不要被這些話術騙了，甚麼都沒有也很好
人被生下來、活下去、死掉
光是這樣也很厲害

可能她看不到，又可能對這種老掉牙的說話嗤之以鼻，丟掉。但我還有一個更老套的比喻：我們所有人都贏過一場比賽，就在母親的肚腹內。希望你會苦笑一下，像現在的我。嘻。

剪髮

我很害怕剪髮，說穿了，是害怕抉擇、害怕溝通。尤其洗髮員那句殷勤的「個頭仲痕唔痕？」，總令我不知怎麼拿捏回應，太急促好像沒禮貌，慢條斯理呢？又會阻礙別人的流水作業。當然還有髮型師假民主式詢問。明明他才是專業，往往要我先簡介自己的理想，然後逐點否定，最後像倒模般走到街上，與上一位或下一位顧客尷尬相逢，微笑點頭。

有一段時間，我習慣到「十分鐘快速剪髮」連鎖店。一系列沒有感情的裝置，僵硬得無法撼動的制度，髮型師不由分說，便將兩邊亂髮剃走，有時還嚼着香口糖，噠噠噠噠，那種無情無義的眼神，才讓我心安自在。

但最讓我費心的，還不是轉變過後的連鎖反應。人們都刻意放大自己的洞察能力，特別是孩子，他們只懂以嘲笑來處理一連串不擅表達的情感。那是他們唯一的保護傘，只是他們都不知道，傘端會戳傷別人。每次我都要耗上五分鐘來壓下笑意，將好為人師的指教，置於微小自尊和道德高地之間，不容他們繼續借題發揮，分散額上焦點，讓他們的視線回到課本密密麻麻的字元。

很困難的，我知道。我想起讀書時期，老師每每更換髮型，我都有種無法定義的痕癢感——從黑板延伸至頭皮的燥熱，整個頭蓋骨麻痺，慢慢地手指不能動了，眼睛一直聚焦他們蓬鬆得不自然的頭髮，像陸運會看台上的啦啦球，一上一下，加油努力。有時他們會在剪髮後的一兩天，刻意經營，過多定型噴霧，或抹得極不均勻的髮泥，於劉海末端，無能為力地等待救贖。我們只能笑，一個最單純直率的表情，回應所有突如其來的改變和衝突。

這時我從講台望向學生，沒有任何修辭手法，可以刻劃這種唐突：學生竊笑或定睛、低頭或專心，對我來說，都挾着歧視。我不喜歡，也得接受。我喜歡的，是剪髮後觸摸後腦短短的髮根，岔開但不失秩序，好像在說剪髮這一個儀式如斯神聖，關乎輪迴，關乎萬有規律中的正常和失衡。坐在店內的皮座椅，一切都準備得井然有序：風筒、梳子、剪刀、地上一撮撮的髮球、洗頭員抹乾濕髮的力度。光鮮亮麗的鏡像後，所有事情也預視得到，卻又逐一如願，不失任何的期待和厭倦。

通魔與回不去的膝蓋

——讀重松清《青春失格》

坐在跳樓機前的一列長椅，越過大大小小的行囊，我嘗試與正在排隊的學生揮手。他們再三確定我不過來了，便自顧自地討論，有的輕鬆，有的緊張，但臉上總掛着興奮的輪廓。十四歲，中三。那年學校旅行也好像是海洋公園，大概所有中學都是以自由活動來放養最反叛的年齡，容讓他們在海盜船、過山車揮發掉一些青春，以及叛逆因子。職員示意學生走進活動區，他們立時雀躍起來，魚貫進場，我還目睹一個女生微笑着，鼓勵排在身後的小男生不用擔心，只是遊戲而已。他們逐一把登記牌遞給職員，有的是單手，更多的是雙手奉上，有禮貌地。我無法想像他們之中存在一名「通魔」，但我相信他們都擁有「那種感覺」，就像十五年前的我，在自己未完成的軀殼間，試圖用更刺激的離心，擺脱生活壓下來的種種情緒。

日本作家一向擅於刻劃這種情緒，重松清便是其中一員。記得當時修讀文學創作，唐睿便大力推介這名不期而遇的作家，「那是因為在書架上看到《畢業》二字，感覺很造作，才開始認識這作家。」重松清在香港知名度不高，我在某雜誌介紹他時，編輯還特意請我多説一下他的生平，「維基無乜資料」。反觀台灣則有較多譯本，多部小説亦被日本電視台改編成影集，最為人熟悉的，莫過於由型男阿部寬主演的《青鳥》。這個曾獲多個日本文學獎——包括直木獎——的文學家，據他在《清子》序中所言，自小患有口吃，故此非常着力於小説角色的內在思想，而且情緒都在故事中不甚顯露出來。這種筆法本來就與青春的敏感症相近，所以他的小説人物往往都是處於青春期，又或是回憶青春的人生階段。獲得山本周五郎獎的《青春失格》，便是其中一本「目擊」青春的作品。

《青春失格》裏的「通魔」，是隨機犯案的兇嫌，在櫻之丘地區以特殊警棍伏擊夜歸女性。自七月二日至九月十七日間，共發生了二十三宗同類傷人案，受襲女性身份、年齡各有不同，故媒體以「通魔」形容這個無特定對象的狂徒。雖說是連續案犯人，但通魔除了用硬物襲擊女性肩膀外，並沒有進行施暴，受害人亦沒有財物損失，於是櫻之丘只是豎起了幾塊「小心通魔」的告示牌，其餘一切如常，生活依然。直至九月十七日，通魔被捕前最後一次下手，受害人在歸途專心講電話，被通魔從後施襲。與過往二十二宗事件一般，受害人只是少許擦傷，並無大礙。奈何她跌倒時撞到肚子，導致流產。那是通魔第一次弄出人命的施襲，也是這種不算嚴重的無差別傷人的必然結果。

通魔對這個結果始料不及，但更令人意想不到的是，當晚被捕的兇嫌，不過是一名十四歲的國中生。自此以後，「通魔」一詞慢慢給淡化，取而代之的是「少年」、「中學生」，被用來頂替「通魔」遺留下來的一切負面意思。原來象徵着美好青春的人生階段，一下子給塑造成錯誤、扭曲、冷血的黑暗群體，那是同代人都不敢承認的身份，被人認出是中學生，就只能羞低着頭、快步離開，好像同齡的通魔所積存的所有罪孽，都移植到不同少年身上。主角榮司就是當中之一，尤其是翌日他才發現與他一同值日卻又無故缺席的貴仔，極可能就是新聞中「少年」的本體。

若沒有發生通魔事件，不，或許應該說，若貴仔不是通魔，榮司可能仍沉醉在公式一般的青春當中：有一個像處境劇的和睦家庭，父親是教師，母親是家庭主婦，有一個姊姊，晚飯時由媽媽和姊姊擔起討論焦點，自己可以如舞台劇燈暗中演活十四歲的憂鬱：生日收到爸爸送的結他，同時發現名字讀音 Eiji 原來是源於爸爸年輕時所作的歌曲〈Aged〉；暗戀女生相澤，只因她在新學期剪了一頭好看的短髮，簡單直接；熱愛籃球，但因受傷被迫中斷，膝蓋患上奧斯戈德氏病，簡單來說就是受傷的膝蓋跟不上成長的速度，醫生說只要脛骨發育至成年人的骨骼，疼痛就會自然消失……總而言之，榮司的少年時代不過是善良版的三井壽，在迷惘中試圖讓自己站穩，可能會在書的結尾拉着教練說「我想打籃球」，然後拋開一切成長的憂鬱，熱血非常地重返球場，把球傳給早已沒有芥蒂的岡野同學，讓他用力灌籃得分。

如果貴仔從沒出現。

同學是連續傷人案犯人，對於同齡人來說，是一種微小卻又礙眼的衝擊。雖然整部書所記錄的學生，都不是與貴仔深交的一類，但從直升機頻頻在校舍附近低飛、老師們展開馬拉松式的特別會議，以至後來校方為了挽回形象，逼令全體教師佇立校門迎送學生，都令那些平常與貴仔擦肩而過的少年感到壓力。書中借縈司的口，把這種無以名狀的鬱悶統稱為「那種感覺」。不能把這種感受歸類或定名，之於一個十四歲少年來說，也是無可厚非。我也曾嘗過這種難以言喻的感覺：在我教書的第二年，一名學生跳樓自殺，早上趕忙乘搭升降機準備特別會議，竟聽到幾個同事在裏面訕笑，更離奇的是，晚上收到那幾個同事在全體教師群組上載代禱文，為該學生及其家人禱告。有時在講堂中刻意不去看那空座位，甚至在批改家課時提醒自己不必點算某個學號，這些瑣碎又突兀的轉折，像縈司膝蓋上的痛點，在不知不覺間會跳出來警告你，有些傷患仍在成長的旅次中浮沉，即使長大了也不會癒合。我也試過在縈司相仿的年齡受傷，復康的過程中，身體各處常隱約感到痠楚，醫生替我簡單檢查過後，微小地笑了出來，說：「成長必然會有零零星星的痛。」直到現在我也解讀不到醫生說的到底是醫學常識，抑或是一種關乎青春的隱喻？

但有些人面對這種寧靜的挫敗，並不如榮司和我一樣，擁有具象的痛感。榮司的好友阿塚，原是一個喜歡開玩笑的少年。他心地善良，卻常常不懂分寸，通魔被捕後，肆意向同學胡謅一些貴仔小學時的窘境。及後電視台訪問這個與貴仔同班多年的同學，他甚至刻意穿戴成不良少年，躲於馬賽克後面大放厥詞：隨機傷人並沒有甚麼大不了，一個還未出生的小鬼死了沒關係、能在少年時代累積前科很酷……這些沒事人一樣的說話，不但叫榮司姊姊連連喊着「人渣」，還讓「少年」、「中學生」的負面色彩調至更深沉的格調。直到他親眼目睹傷人案發生：一個大叔被幾個少年劫財，還被狠狠揍了一頓，站在原地的阿塚體內「那種感覺」瞬間萌芽，在故事後期收起嬉皮笑臉，長成了成年男性的陰沉，臉上一直滋生隨時爆發的青春痘，更在一場討論「惡意」的小息閒話家常中，與一個妄下定論的同學大打出手。「惡意」。阿塚開始不敢相信人的本質是邪惡的，在他過往十四年的認知中，很多事情都可以用大笑輕率帶過，他曾經以為貴仔成為通魔都不過是鬧着玩，反正未及成年，很快就給放出來。直至他看着倒在血泊的大叔，他才醒覺「惡意」的存在，而且迅速串連他過往的行為，再也不能以「玩笑」或「年少無知」輕描淡寫蒙混過關。

「那種感覺」逐漸膨脹，成為了整部《青春失格》往後三分一的重要命題。重松清擅寫人內心的矛盾，如〈真由美的進行曲〉被警告不要再唱歌的女生、〈師恩難忘〉裏不懂解釋死亡予小學生的老師、《清子》心平氣和卻又口吃連連的代課老師等，都是重松清極力還原的議題，尤其在日本這個內向以至於隱蔽的社會，一個學生仆倒在地，上班族寧願跨步而過，別人和自己的各種情緒，實在不宜在繁忙的日子裏研討。榮司也試過放大原來的情緒，他嘗試與父母爭執，但家人卻意外地體諒，更令榮司的情緒起伏與青春期的躁動緊緊勾連。榮司無止境地思考着，與阿塚一同騎車到貴仔的家，想了解貴仔的想法，特別是發現觸動貴仔變成通魔的最大原因，可能是自己暗戀對象相澤曾拒絕貴仔追求，這種甚為相似的處境，讓榮司一再思量「理智線斷掉」是否就會容讓自己肩負起通魔的責任。

於是榮司開始放任自己的「本我」：他會在翳悶的課堂，萌起用圓規刺向前座同學的殺意；他在回家路上，沉思着如何扼死身旁單戀自己的學妹；他在課堂中借故離開，跑回家中更換便服，隨意跳上列車前往未知的城市……那些都是我們青春期，甚至憂鬱期間所產生的衝動，然而拘禁在未成長體殼的少年，就像電腦突然彈出多個視窗，於萬千世間中左顧右盼，以為自己的「惡意」已到達無可救藥的地步，以為自己的痛楚永遠無人明瞭、無法根治，以為有些東西失去了就不會再存在……

但成年人如我們，早就習慣失去，早就很擅長遺忘。現在的我們，早就不怕承認自己滿有「惡意」，只是生活讓我們不能成為「通魔」。我們害怕，害怕一些轉折讓我們更萬劫不復，害怕原來已經痛苦的境地，還有一層更可怕的地獄。我們不再嬉皮笑臉，也不再長出青春痘，那些關乎成長的咒語，其實都是奧斯戈德氏病的後遺，脛骨發展完備，有些痛感就不會再見。相對起糅合校園青春及販賣太宰治的「青春失格」，原來「Aged」的書名好像更是貼切，「成長」是動詞，還配合了過去式，可能更是使動用法。跳樓機停下，就像青春一樣給攔截下來，看着還未或不會變成通魔的學生回來，他們各自肩起屬於自己的行囊，再一次，我以成長過後遺下的「高血壓」，拒絕他們下一項機動遊戲的邀約。真的足夠了，我受不了任何的離心。

你迷茫了我一定會來揍你

——看熱血動畫《天元突破——紅蓮之眼》

列車像一枚鑽頭，破開城市底下的泥土。每天如常行進的我，仍未看透隧道內開燈關燈的理由，一切看似沒有規律，卻又重複上演，沒有人逃得出循環的軌道。我們都是現實版本的西蒙。相對孩童時看過的機械人動畫，《天元突破——紅蓮之眼》的確較貼合現在的生活：活於地底的少年西蒙，拿着鑽頭，日復一日為村落開疆闢土，他出奇地享受這份工作的苦悶和孤獨，村民甚至以「鑽洞的西蒙」來稱呼他。人類都是自私的，我就曾經因為常被朋友誇獎步速快，每每有人把足球踢到遠處，我都一馬當先跑去撿回來，後來媽跟我說，那些賣力讚賞我的同齡朋友，只是用說話來聘請一個

「執波仔」，沒有人的履歷表會填上撿球數字的。但西蒙和我一樣，對於沒意義的工作樂此不疲，即使他在洞穴內撿到一個發光小鑽頭，他也不會看成改變生活的契機，終此一生他都寧願沉醉於「鑽洞的西蒙」的暱稱裏。

《天元突破》我完整地看過兩次，兩次皆處於迷失的人生歷程，是那種認定自己可有可無、願意突然為陌生人付出所有的迷失。若然《叮噹》故事全是大雄幻想出來的，後來熱血無比、突破天際的機械人冒險，可能只是西蒙專注工作時的想像。畢竟除了大雄，我沒有遇過一個動畫主角比西蒙更懦弱、更焦慮。所以第二位主角卡米那的熱血魯莽，便給認定是整部熱血動畫的骨幹。他的法寶不過是激動人心的說辭，遇到危難就叫沒有自信的西蒙不必相信自己，只要相信那些相信他的同伴，碰到不可能打敗的敵人，就把別人眼中的微小可能看成百分之百，甚至指着西蒙挖洞的鑽頭，告訴他終有一天他們可以鑽破宇宙。衝動是卡米那的哲學，而卡米那就是西蒙的信仰。他們讓世界意識到人類的生活不限於地底，那些囚禁他們的機械人和獸人，都可以被西蒙和卡米那操控和打敗。自由在望，幻想和實力並重，沒有問題是日漸壯大的「紅蓮團」解決不了。

如果卡米那沒有戰死。

我曾經以為早早在《男兒當入樽》學會了人生無常，再不會苛求事情必須配上一個合理結局，但作為熱血代表的卡米那，在冠以熱血動畫的《天元突破》第八話已然戰死，甚麼四大天王、螺旋王、反螺旋族都未及現身，就在眾人面前死於一個雜魚刀下，往後數十集就只餘下自怨自艾的西蒙，那種衝擊使第一次看的我一度想放棄，寧可繼續等待《海賊王》永無止境的冒險傳說。

但現實不就是這樣嗎？沒有人承諾要一直擔當導師，沒有人必須在你需要安慰時陪伴着你，成長不一定按部就班，更多時候是突然的，一下子你就得接受所有。西蒙頓失依靠，被迫接管追隨卡米那的「大紅蓮團」，群龍無首下，迷失的領袖只能模仿卡米那生前的莽撞，毫無章法的戰鬥，令同伴開始排斥西蒙，認為他的專長不過是挖洞，就連專屬機械人都拒絕被操控，把西蒙完完全全擊沉。

當然，作為一套激勵人心的熱血動畫，西蒙必定會頓悟「自己是自己」的王道，迎難而上，消滅螺旋王，解放地底下的人類。一切都是熱血動畫的基調，對吧？只要相信，我們的鑽頭確實可以突破天際的！但生命中每項決定，都不如乘車般簡單：拍卡，上車，穿過黑暗自然到達目的地。七年後某天，當上世界元帥的西蒙赫然發現，外太空一個追求平衡的民族，自亙古已經監察地球，只要地面上物種超過特定數目，便立即啟動世界末日。長久以來視作大魔頭的螺旋王，原來才是庇護人類的正派，把他們趕到地底不過是必要手段。

以為自己成長了，原來只滯留原地。信仰崩塌：戰鬥不是對的，自己不是對的，卡米那也不是對的。人們開始像《出埃及記》的以色列人，抱怨領袖拯救自己，扯下首都的卡米那銅像，在世界末日來臨前，先解決那個打破專權的「專權」政府。昔日同伴失控，甚至為了平息民憤，決定判處西蒙死刑。深信自己，有時也很疲累。為全人類拼命爭取一個世界末日，這個罪名實在過於浪漫了。

當然放諸動畫，主角定必是沒有限制，鑽頭再一次越過銀河，任何敵人都會在幾次大吼大叫裏給一一打飛。而現實裏我們都沒有參與激動人心的戰鬥，短暫車程間，我們都刻意避過碰撞，尋找只得獨身的位置，從風景切入隧道，被疲憊的臉嚇到，那一秒，可能已是整天下來唯一的插曲。我們經歷太多次西蒙的人生，試過堅守信念，最後給自己迎來末日，漸漸就不敢爭取甚麼，埋進洞穴裏繼續工作。生活就是這樣，一切如常，便覺心安。

整套動畫我最喜歡的場景，並不是無止盡的戰鬥，也不是讀到西蒙不住成長，反而是「紅蓮團」給敵人迷惑，夢到卡米那回來的老套情節。生前承諾「你迷茫了我一定會來揍你」的卡米那，為衝出宇宙的「紅蓮團」逐一破解幻術，唯獨那時西蒙已經強大得不用提醒，大哥卡米那就只能寒暄一句：

「噢！原來你已經比我高了。」

電氣道

我是過海上班的人。每天微光時份便下地道，再自車站爬回鬧市，那時天已全亮，就似在不足一小時的車程裏，從一個寸草不生的荒鎮，來到一個截然不同的繁華鬧市。但這鬧市不是科幻片中滿有懸浮的交通工具、光鮮明亮的高樓，炮台山的電氣道，有的只是一幢幢快將塌下的危樓，以及串連港島脈絡的舊時代電車。

生於我這一輩的人，總在新舊之間喘不過氣。舊的景物好像與我們無關，新的計劃又沒有把我們規劃在內，但倘若有人要將舊物拆毀，我們這些無權無勢的新人類，卻偏要執拗，偏要保留，但然後呢？上星期我為學生講解一道小組討論題目，替他們劃分「保全舊古蹟」，以及「發展新社會」的利害，我努力維持客觀平衡，可一想到在上班途上，穿過電氣道的大街小巷，一個個從睡床裏烤焗出來的臉容，他們在發展歷史中靜靜走過，過馬路，購早餐，遵從十數年來一致的步伐，回到公司，坐下，然後是工作，關燈，離開，再然後是床。他們好像沒有一個整體的意象，又好像早就被歸納成一個不容分割的大意象。保全古蹟、發展社會，在這一條緩行的電氣道，根本沒有任何或微小、或宏大的意義。

最微小卻又宏大的意象，莫過於小巷裏的流浪漢。好些舊樓和舊樓的狹小距離，睡着幾個用帆布床或舊物堆疊成床的男人。那些城市的距離，連Google Map的專車也拍不到，更莫說一個趕路的人願意停下來，感悟一下他們所居住的囚城。現實是沒有好撒馬利亞人的，或者應該說，平常日子沒有空閒時間的好心人，一眾上班族只會像電子遊戲一樣，用身體扭過一張又一張的障礙物，他們的睡相，甚或早餐的搭配，都及不上今天經濟的波幅，他們或許是從財經報紙的跌勢跌出來的，但上班族着眼的是數字，而不是現實。

每天上班，我都會攀上天橋，走到電氣道街市旁，轉入樓梯落下。轉彎位置一角，長久睡着一個流浪漢。他用幾張木椅拼湊成一張床，在上面鋪上棉被、枕頭，無聲無息地在向海的一方睡着。夏天他會把棉被擋住半邊臉，阻止日照曬乾自己的夢；冬天他會蜷起肢體，像一件藏在法寶袋的小法寶，等待別人使用的一天。其實我沒法肯定他到底是不是流浪漢，棉被、枕頭全都看似乾淨且替換過的，或許他懷着老一輩的乘涼心態，信任舊城市、信任舊港人，在每晚深夜時份，抱着家裏的枕頭和棉被，穿過早上喧鬧的街道，伴隨電視聲浪和鄰舍爭吵，一睡就睡了三十餘年。

在電氣道扎根數十年的，還有一幢舊街市。每次走過街市大門，內裏的燒味師傅已忙着張羅，一隻隻燒脆豬躺在手推車，聽着車後的師傅一邊咬住煙屁股，一邊哼着老歌旋律。師傅有時忘記了幾句歌詞，便用語氣詞蒙混過關。空蕩蕩的街市，沒有人會怪責他杜撰曲詞，大門外的報販急於打盹，一份份報章雜誌像日子般在木板上寄賣，下雨天只需加固一塊透明膠，又可傾聽雨聲繼續往前傾斜，再傾斜。

有時我會想，街市的人都住在哪裏？港島區樓價高企，面海一方更是天價入場，販賣勞力和努力如他們，決不能在附近屋簷佔一席位。每天天未亮的時候，他們回到自己崗位，推着燒豬、報紙趕路，為醒來或還未醒來的人，建構一場大舞台劇的背景，叮叮噹噹、嘛嘛啊啊，那些在電氣道中不可或缺，又常被忽略的背景音效，他們的樂器到底收藏在哪裏？他們在夜裏到底回到哪裏？他們最後又想去到哪裏？

而我又想到哪裏去？一個新入職教師，薪酬在同齡間已屬中上等，但要在這裏置業，卻又是一件難成的事。我越過一眾舊港人，橫過千萬樓價的舊屋苑，總不能釐清舊古蹟和新社會的概念。我是那種不能狠心捨棄舊物的人，但那些舊物在我是有情的。看着這條我只走了一個學期的長街，仍未熟練的招呼、偷偷抬價的早餐、一雙雙陌生但又每天相見的眼眸，我在哪裏？我又想到哪裏去？

回到學校，學校中央長着一棵大榕樹，據說背海的校舍原是公園，容讓囚城的居民來這裏伸展。對了，附近全是住宅和舊屋，為甚麼就不見晨運客？三個月來我一直在這裏徘徊，卻從未遇見一個圍繞電氣道緩跑的人。但更奇怪的是，好幾次在我下班時候，天已黑透，一個佝僂的矮小老人騎着單車，闖進校舍，沿着大榕樹繞圈。剛來這裏執教，我好奇地詢問同事有關老人來歷，他們支支吾吾，推測他是慣常在公園運動的人，校舍興建完成後，回來繼續完成使命，風雨不改，阻止也阻止不了。

　　現在我每次簽名離開，總會張望四周，有時會碰見他，有時會碰不見他。但每天不變的是，電車仍在外緣行駛，行人在床和工作地點來往，一列木椅排好，置在面海的一方，等待的是一張棉被，一個枕頭，和一個季節不同的太陽。

明信片

我不是寫明信片的人，我不是。我不喜歡旅行，我喜歡留在家中，安靜地讓時間完成它匍匐的任務。信箱與升降機互相依存，從腥鐵味的縫隙看去，一張小卡佈滿符碼，癱軟在一疊銀行、政府、議員的立場上面，光是這個景象，我已疲倦得像環繞了整個太陽系。

在升降機讀明信片，是打發時間的良方，不用和信封漿糊角力、不用解讀異國借來的條文，也不用憤怒得甫開升降機門便衝往垃圾房丟掉，明信片，只是安份守己地訴説着景物和見聞，那麼純粹，又那麼超現實。我生來便和抽氣扇一樣冷靜，從沒想過，有甚麼話非要在他鄉交代不可。當然我讀過一些感動的明信片，但更多的是，將明信片當成旅行的儀式，隨便填上上款，之後談一下在海灘見到的一條老狗，或終於打敗了土耳其雪糕店云云，那是屬於旅人的記憶，我讀完了，還不是拐到自己家門旋開門柄放下鎖匙脱鞋鬆綁自己，繼續盯着時間匍匐。

自然而然，我就不寫了。儘管同行旅人買下一套十二張明信片，挑剩的都推予我，我也不寫，將那些廉價風景塞進內衣褲的膠袋。如果郵局是必要行程，我便抽起一張，背默家的地址，假想某天在一堆公函中瞪眼，顯淺地笑。

曾聽過一個詩友寫明信片的方法。他會先旅遊幾天，途中寫一首短詩，不過十行，躲回酒店將它分拆開來，每位朋友一行，最多兩行。朋友從不知道整首詩的主軸，收到的只是零散的拼圖，像旅行的走馬燈，記不着甚麼。我想過模仿，也在異地寫過一兩首短詩，但攤放酒店那不平衡的茶几，感覺怎樣拆開都不妥，謄寫在明信片，原子筆拉拉鏈似的剖開硬卡，我想到的是歧義，和一張張蹙眉的朋友的臉。抒情也好，敘事不要緊，但這些片字隻語，都會敲碎升降機的節奏，讓別人的生活更苦更無味。

就是這樣，我回到原點，放棄旅行短詩，放棄明信片。相較寫詩，其實我更喜愛讀詩。我相信有更多人只鍾情於讀，從沒有寫的衝勁。這是理所當然的，我們也得接受有人是喜歡解謎，討厭設局。我還是喜歡在鏽蝕的信箱張望，偶爾自侷促的空間旅遊，將見聞逡巡至走廊末端，在書房抽出紅酒木盒，內裏大半個地球等待着伸展。好些書寫的人回來了，某幾個仍在日光以外的地方。我很感激你們不住寄來沒有回信的風景，我只想告訴你們，每次放好你們輕盈的話語後，我還得繼續與信封的膠水搏鬥，你們祝福我的文思，仍倒懸在生活的河塘裏風乾，未見泉湧。

房間

二伯來到我家，掏出我們都不認識的工具，口中唸着一些符碼，最後貼上一條劏開房間的皺紋膠紙：這邊是我弟的，而另一邊自然是我的。那條界線我們一直沒有撕走，在上面演練着我們的日常，直至兩星期後，二伯又帶來無數木板，着我們搬走雙層床和舊書桌，安裝了兩張組合床，然後在膠紙痕上放一塊間板，趟門出入。這樣，房間就給他發明出來。

他應該很滿意這項工程，完工後多逗留了兩支煙的時間，煙支耗盡，每次都用一個口香糖罐埋葬，有點像剛才的工作——將所屬的東西都放回自己的空間裏。媽卻不滿意，她認為房間令家的外觀更小，而且清潔麻煩，尤其那間沒有窗的我的房間。二伯收拾好工具，擱在傾斜的肩上說：「習慣有家的人，永遠不會明白私人空間的重要……」

我已經忘記第一晚在自己的空間，到底有沒有失眠，但那段日子，我確實沒有對睡眠生厭。燈是我的，腳步聲是我的，鼾聲是我的，夜裏的二氧化碳，也是我的。房間裏我不感到寂寞，拉上趟門如一個靜謐的儀式，世界忽然低頭默禱，而我就是上帝，疲憊時拒絕聆聽。我是後來才知道，甚少失眠的緣故，大概是因為我可以隨時開門，讓禱聲湧進來，讓它們一一如願。

所以我開始失眠，當房間長成了房子，而我一個人。無人在門外打噴嚏，夜裏廁所燈沒有叮一聲亮起，水龍頭永遠謹慎，我卻因為過分安靜而睡不着覺。任何微小聲音都失去了可歸咎的對象，那不再是人為，也不會是藉口。深夜四時多，我的拖鞋從睡房拖到書房，打開了房燈，又扭開枱燈，最後連大廳的燈都光起來，這才心安。

這所房子也是二伯裝潢的，好些建材與舊居的房間相似。施工期間，他向我介紹兩間房間的功用，同樣以皺紋膠紙劃分不同區域，但現在全都屬於我的，前後左右再沒有名字的簡稱，除了某段時間的洗手間，他會躲進去吸煙，免得我誇張地咳嗽，空蕩蕩的房子回聲尤其響亮。

新居和舊居很近，我幾乎每天回去吃晚飯。偶爾父母會投訴，我搬走了我弟更放肆，拿着電話和女友談到天明。原來那年我即使關上了門，人在裏面，世界都懼怕打擾我。飯後媽會跑去剖開水果，我趁機回房間坐下，執拾舊物。我的書和玩具都搬家了，只剩下一張赤裸的床褥，等待集結的號角。多想告訴它我經常失眠，即使睡着了，輾轉也比以往多了幾倍的空間和時間，但搬家以後我從沒有坐上去，媽總催促我，自嘈吵的大廳呼喊，着我出來領取那片屬於我的梨子。

紙蜻蜓

剪一條紙條，從中輕輕撕開，兩條軟弱無力的翅膀往下摺疊，微不足道的紙蜻蜓，沒有人想過，它可以飛得多遠。母親對着電話說相信兒子能攀上預科，便草草收線，將自己陷進沙發裏面，盯着天花板，放空。你沒有作聲，這種靜謐連關節扭動都能捏碎，而且天花板的紋理並不吸引，這通電話的幾天前，你一直在那裏，搜索沒有答案的宇宙。那年你十六歲，年輕的班主任和你，都喜歡敲鑿別人的信仰。

能見度較低的年代，會考，是唯一的普世價值。你們都有相似的經歷，慢慢磨蝕的理想也大同小異，像九分鐘跑，你們總學不會安排時間，開跑時滿腔熱血，最後也抵抗不了肌肉和耐力逐漸冷卻，慢慢放軟，慢慢就變成散步。你記得那是文學課，母校最後一屆的文學課，全班就只有五個學生，四女一男，你自然獨個兒坐在前方。老師顯然沒有備課，要你們先講一下理想。她們的目標都閃閃亮亮，只得你，尷尬地說沒想過，所以只能繼續讀下去，哪怕有一天突然找到，亦有足夠的學歷和能力追求。老師說這是現實，不是理想，但這樣往往可以繼續走下去。

「因為成長，係一個鬥快認清自己唔係超人嘅遊戲。」

臨近會考，書桌的空位就似沒有勝負的過三關。你開始擅長告別。一同成長的朋友，今天揮過手後，原來再不會見面。每星期總有一次乘坐機場巴士，在汀九橋上望着一座座孤島，海浪透着微微波光，看海是如斯不平靜，顛簸如巴士粗糙的輪胎。保持聯絡是最大的虛偽：擁抱、轉身、揮手，你們都在過三關的僵局裏節哀，即使對方在線上，交換的只限片面的過去，盡量不去牽涉現在，或未曾身處的未來。

最後只會剩下你一個，你知道的。在一場場寧靜的挫敗裏，你是最快認清自己不過是折線圖的一點，升幅、跌勢，你都不會是任何轉捩點。study leave 期間，你如常到自修室溫習，那是一所教會主理的閱覽室，開放時間受崇拜和團契左右，並不固定。好幾次，你都捧着課本筆記，在滿有歌聲的門前佇足。詩歌是安寧的、是值得被依賴的，面對難關，沒有多少人能拒絕信仰。你沒有想過到其他自修室，身體裏好像磨出一種磁力，渴望等待，特別鍾愛那種沒有結果的放空，那時你才會想到母親，想到不為甚麼的勞累。你會在外面，看着教友逐一從大門進去，然後奏樂、唱詩，傳道人證道，有人打呵欠，收取獻金及祝禱，一些人魚貫離場。莊嚴的儀式，你想到未來，於是繼續進去溫習。

你開始打發時間，自科目和科目中間。你撰寫筆記，你抄寫中史和文學的課本，你背默一些沒頭沒尾的名言諺語，然後撕掉，在無人的會堂。肌肉漸漸擁有記憶，你習慣放空。密密麻麻的文字，你依從單行紙的橫線，一條一條地撕下來，有時會摺成幸運星，有時會玩起重組句子，編一首新詩，但更多的時候，你會將它們撕作簡單的紙蜻蜓。你想到外面，沿着教會後的斜路，回到家中，沙發上的母親或會在你不在場時惋惜，班主任還會來電嗎？飛到更遠的地方，那是你的學校，老師正填寫預計成績，你的名字旁給打了個問號，Excel 表格結算出一個 error，你想你不會回來了，連畢業典禮也不會，可能要重讀了，那個在七樓撒下所有筆記、漫天碎紙的幻想，最後還是要落空……

你醒來了，像海，教會會堂依然空無一人。時間終究和你一樣，艱難地匍匐着，後退般一直往前走。沒有人告訴你，十年以後你長成一個老師，這一年裏你最討厭的大人。多少年了你仍佝僂着背，捧着一疊似懂非懂的課本筆記，在門外守候。同事和你擦肩時不打招呼，學生慵懶地站起來，敬禮，又癱軟在椅子裏。你知道所有書桌下的抽屜，都隱含着塗改液的秘密，但早已不再好奇的你，只能用一張又一張的合約，修正板書時的字型。有些學生喜歡你，有些則用「共業」的眼神看你。你知道學生襯衫上的口袋，是要投放陽光的。那年沒有甚麼能觸動你，這或要歸咎你的口袋太淺太窄，老師不易把甚麼投進去。

你會在監考時向外張望。學生鼻敏感的急躁，筆順進退失據，地上不再飛的紙蜻蜓，上面有半個鞋印。你躲進外面的世界，想向他們這個年齡的你坦白：你記起一些不復存在的感覺，總不相信，「青春」這個嗤之以鼻的詞。很多事情只是過去了，沒有讓你變得成熟。唯獨那句「不是超人」的說話，每年你都會在開學日說一遍，接着一遍又一遍，直到所有會飛的希望，皆被你扼殺掉，在一切都徒勞無功的時日裏。

＊本文榮獲第十二屆香港文學節「致青春」徵文比賽優異獎。

回望者的前行

——代序曾詠聰散文集《千鳥足》

嚴瀚欽

飛在我前面的鴉

時常想像三十歲之後的場景，那究竟會是一種怎樣的生活？當經過青春和後青春短暫而又漫長的洗禮，當學習模式、生活場景、交友圈子和工作環境都漸趨固定之後，我們對生命的體悟，會否從對千變萬化之外界的依賴，慢慢回歸到對內裏更加細微的捕捉？曾詠聰邀請我為他即將出版的散文集《千鳥足》作序，我當然十分榮幸，同時也不知該以怎樣的姿態下筆，畢竟在普世的眼光來看，他在任何方面都比我出色許多，我也未必有足夠的閱歷讓整篇序言得以飽滿。後來得知他同時邀請了前輩朱少璋博士以及他的同齡好友吳其謙老師作序，我猜想，或許我們三人正分別對應着曾詠聰的未來、現下和過往吧！

於是突然想起他的《戒和同修》有一首〈鴉〉，那正是他七年前的作品，寫自己已經「習慣躲在眼神後面／看着雨絲穿過皮膚，沒入沙石／解開所有語言的符碼／等待，天橋和隧道深處的微光／逐一熄滅／散去」。這首沒有引起太多關注的詩作中，那逐漸發生的消逝以及向內收斂的語調，竟穿越厚實的時間，如度身訂造般道出我目前所遇到的困惑和不解。於是我執筆坐定，朝向時間之河的前方望去，想像七年之後，這隻飛在我前面的、早已習慣了盤旋的鴉，如何在生活綿密的敲鑿下沒入無言和無語，如何在一片藍色與另一片藍色之間，做出他的抉擇。

從新詩到散文

三年前出版的《戒和同修》無疑是曾詠聽對成長早熟的體悟，出版之後廣受好評，我也曾在多個場合推薦這本詩集。然而我不曾提及的是，在冷靜、紮實且沉穩的行文當中，在意象連貫銜接的間隙，我竟然看到一些雖不顯眼、卻無法忽略的細縫。那是〈放空〉裏對時間的懺悔、是〈鬥魚〉裏對末日的畏懼、是〈盆栽〉裏的害怕被人觸碰、是〈光管〉裏那個長期鼻敏感的自己……那時我便猜想，他一直以來呈現出的早熟和篤定，會否都因在背後耗費了大量的精力「講求規律」，才不至於讓失望過分顯露？如今讀完《千鳥足》，似乎印證了我的這個猜想。

人們通常將詩、散文、小說的關係理解為點、線、面的關係。在《戒和同修》中，我看到曾詠聽借助點的跳躍，借助詩歌一閃即逝的抒情，讓部分的自己躲藏在未及言説的部分，以避免因過分袒露而招惹意外的中傷。但隨着人生閱歷的不斷增長，他對生命的無常雖然仍感不安，但在《千鳥足》中，我卻看到那個曾經小心翼翼的詩人，終於有勇氣為讀者提供更為明晰的細線，終於從容地卸下重重的修辭，將最真誠的自己展示在讀者面前，讓我們得以順着脈絡而下，看到那波瀾不驚的抒情背後，實則羅列着一道道觸目驚心的傷痕。

詩人北島曾説自己寫散文目的有二，一方面是為了生計，另一方面是借此放鬆與詩歌語言的緊張關係。在這座城市，依靠寫散文解決生計問題近乎天方夜譚，曾詠聰從新詩轉型到散文，我想也是因為後者，也是一種對緊張關係的放鬆。不同的是，這種放鬆並不僅限於他和語言之間，還發生在他與自己之間，是經歷過許久內耗和掙扎而略顯疲憊的、長舒一口氣般的和解。

迷惘的守望者

傷痕首先來自井然的秩序，我們都曾想反抗或逃離這難以撼動的秩序，又都在過程中遍體鱗傷，最終亦只能無奈地淪為姿態各異的見證者。曾詠聰在自序坦白自己向來都是被動的人，一直都是沿着秩序被推着前行，這在旁人看來簡直算得上是順暢無阻。但這看似徑情直遂的途中，他也飽受應試制度的磨蝕（見〈紙蜻蜓〉）、嘆惋漸行漸遠的友誼（見〈糖水〉）、搬離舊居開始了難熬的失眠（見〈房間〉）⋯⋯而當他半夢半醒地走過青春，驀然回望，卻驚覺秩序並未給他讓出一個安身的所在，他仍會在薛西弗斯神話般的清晨發出喟嘆，困惑自己究竟應該朝向何處前行（見〈電氣道〉）。

師者傳道授業且解惑。現已身為人師的他，卻不知應該以何種姿態，去面對比我們更加迷茫無助的下一代，即便像〈紙蜻蜓〉那般用極為冷靜的第二人稱旁述同時屬於敘事者自己和學生的故事，也無法淡化隱隱作痛的不安，只能任由紙蜻蜓在疲憊和軟弱的重壓之下沉沉餒墮。〈比賽〉寫得更是感人，作者寫自己監考的時候，一方面可以清楚看到認真答卷的學生正被應試制度的隱形魚絲死死操控着，而另一方面卻深感自己的無能為力：「我們雖然是游牧人，卻完全不辨方向，別的羊群在跑，我們便拉着自己的羊跑，不為甚麼。」

這很容易讓讀者聯想到喬伊斯筆下那個自阿拉比集市悵惘而歸的男孩、余華筆下出門遠行的十八歲少年，以及沙林傑筆下守護在懸崖邊上的麥田守望者。但曾詠聰的頓悟並非在剎那之間便可以宣告完成，他的幻滅更像是一場漫長的拉鋸，雖然比同齡人更早瞭解「成長係一個鬥快認清自己唔係超人嘅遊戲」，但他似乎從未徹底接受現實，又或者，不知應該如何面對現實。「青春」和「成長」的確是曾詠聽多數作品的母題，但身為老師，同時身為一個擅於用文字捕捉自己細微感受的作者，似乎注定了他無法過於決絕地與青春告別，他必須花費更長時間去捕捉「從男孩變成男人」（呂永佳語）這一蛻變過程中的複雜感受。就像杜魯福的鏡頭下，那個見識了成人世界之虛偽和殘酷的小孩不知去向地朝着前方奔跑，在長達三分鐘的跟拍鏡頭之後終於在一片大海前停下腳步，轉身回望，只能留給觀眾一個百味雜陳的回眸。

原來自己也是滿身尖刺的怪物

這座城市畢竟無法照搬他處的浪漫幻想，現實也往往比小說家的構想更為複雜。無論是沙林傑的《麥田捕手》、喬伊斯的〈阿拉比〉、余華的〈十八歲出門遠行〉，成人世界和孩童世界仍呈現着二元對立的狀態，很容易讓書寫淪為性善之說又一單薄的論據。但在《千鳥足》裏，我看見曾詠聰有意識地消解二者的界限。在他看來，傷害是雙向的（甚至是多向的），他在自省成人世界的麻木和殘酷的同時，也敏感於來自更年輕的人的無心的傷害。

例如他在自序寫面對學生時的心聲：「他們不會知道，每一項微弱舉動，都足以使我侷促不安：可能是呵欠，可能是關掉鏡頭，可能在擦肩時過早收起笑臉。」而且，由於學生大多都無惡意，他們對他人造成的傷害會更加直接，更加鋒利，更加猝不及防。又如〈剪髮〉，講述了自己更換髮型之後被學生揶揄的經歷，他感慨：「他們只懂以嘲笑來處理一連串不擅表達的情感。那是他們唯一的保護傘，只是他們都不知道，傘端會戳傷別人。」當然，這不是一本身為人師的訴苦手冊，曾詠聰感受到來自學生的傷害之後並非一味地對他們進行指責，反而回想自己讀書期間也曾在老師更換髮型的時候發出最單純的嘲笑，又或者在上課的時候，也曾無意識地做出讓老師不適的舉動。

也就是說，他越來越清晰地意識到，在時間長河之中，我們經受着各式各樣的傷害的同時，自己何嘗不是單純地戴着滿身的尖刺東奔西竄，在許多無暇感知的時刻意外地中傷他人——「他們全是受害者」。於是這本散文就並非止步於換位思考式的書寫邏輯，他還動用深刻的內省去發掘自身帶備的、類似於「原罪」般的棱角，更突顯出疼痛的無所不在。傷害和被傷害從來都是錯綜複雜，無從釐清的。

無言的和解

我曾在另一篇短文中提及，曾詠聰的部分詩作體現出他對思辨之有效性有着獨到的反思。《千鳥足》的自序對此有更進一步的思考：「反正任何事物、感覺、說話也不必要解讀，誰犧牲了，誰留下來，根本無從撼動三千世界。」從來沒有人保證我們必然會隨着時間的向前推移而成長，許多時候以為自己成長了，卻發現自己原來仍滯留在原地。正如我尤為喜歡他在〈人造雨〉寫的一句：「我們只是跨了過去／沒有變得成熟」。

從男孩到男人，從新詩到散文，從《戒和同修》到《千鳥足》，我們才豁然明白，曾詠聰向讀者坦白的那些脈絡明晰的針痕，既源於他人，也源於時間，同時還源於那個小心翼翼成長的自己。密密麻麻的細針穿梭反復，不斷地製造傷痕，同時也不斷縫合生命深處的分裂和迷惘。而那隻盤旋的鴉只能晃晃蕩蕩地繼續盤旋，只能漸漸沒入無言之境，在黃昏到來之前忘掉年輕。

責任編輯：羅國洪
封面設計：羅康傑

書　名：千鳥足
作　者：曾詠聰
出　版：匯智出版有限公司
香港九龍尖沙咀赫德道二A
首邦行八樓八〇三室
電話：二三九〇〇六〇五
傳真：二一四二三一六一
網址：http://www.ip.com.hk
發　行：聯合新零售（香港）有限公司
香港新界荃灣德士古道二二〇至
二四八號荃灣工業中心十六樓
電話：二一五〇二一〇〇
傳真：二四〇七三〇六二
印　刷：陽光（彩美）印刷有限公司
版　次：二〇二二年九月初版
國際書號：978-988-76156-0-6

香港藝術發展局
Hong Kong Arts Development Council 資助

香港藝術發展局全力支持藝術表達自由，本計劃內容並不反映本局意見。